Karl Ettlinger

Mister Galgenstrick

und andere Humoresken

Karl Ettlinger: Mister Galgenstrick und andere Humoresken

Erstdruck: Berlin, Ullstein, 1915

Neuausgabe
Herausgegeben von Karl-Maria Guth
Berlin 2019

Der Text dieser Ausgabe wurde behutsam an die neue deutsche Rechtschreibung angepasst.

Umschlaggestaltung von Thomas Schultz-Overhage

Gesetzt aus der Minion Pro, 11 pt

Verlag: Henricus - Edition Deutsche Klassik GmbH
Mörchinger Str. 33, 14169 Berlin, info@henricus-verlag.de
Druck: Libri Plureos GmbH, Friedensallee 273, 22763 Hamburg

ISBN 978-3-7437-3012-0

Bibliografische Information der Deutschen Nationalbibliothek

Die Deutsche Nationalbibliothek verzeichnet diese Publikation in der Deutschen Nationalbibliografie; detaillierte bibliografische Daten sind im Internet über www.dnb.de abrufbar.

Inhalt

Mister Galgenstrick 4
Der Sanitätsdackel 97
Die Versöhnung 108

Mister Galgenstrick

»I glaub', jetzt kommt der Herr Doktor nimmer!«, sagte Fräulein Berta, die Kellnerin, mit ihrem huldvollsten Lächeln und versuchte, mir heimtückisch das leere Bierglas zu entziehen, um es frisch füllen zu lassen.

»Stehen lassen, Berta! Ich *hab'* heute schon meine Bettschwere! Und überdies füllt man zehn Minuten vor Eintritt der Polizeistunde keine Biergläser mehr!«

»Jesses, fressen S' mi nur net glei!«

Sie zog sich schmollend zurück und widmete sich wieder dem Stricken eines Kriegerstrumpfs von respekteinflößender Fußgröße.

War ich, in meiner Ungeduld über Walters Ausbleiben, zu grob gewesen? – Ich wollte mein Unrecht wieder gutmachen und leitete die Friedensverhandlungen durch einen jener Blicke ein, die Fräulein Berta mit der lächelnden Drohung zu quittieren pflegt: »Sie, das sag' i Ihrer Frau Gemahlin!«

Aber Fräulein Berta war schon zu tief in das Maschenzählen versunken, um sich weiter um ihre Gäste kümmern zu können.

Ich nahm also zum zehnten Male das Zeitungsblatt in die Hand, das vor mir auf dem Tisch lag. Vielleicht stand doch irgendwo noch eine versteckte Notiz darin, die ich erst *dreimal* gelesen hatte?

Wo nur Dr. Heßberg blieb! Ich bin es ja gewöhnt, dass Walter das akademische Viertel zu »Nur Dreiviertelstündchen« ausdehnt, ich ertrage es auch ohne Vorwürfe, wenn er sogar noch ein viertes Viertelstündchen zulegt, denn auch ich leiste im Punkte Pünktlichkeit Bedenkliches – aber mich auf neun Uhr ins Kaffeehaus zu bestellen und fünf Minuten vor Mitternacht nicht einmal telefoniert zu haben, das war der Rekord.

»Berta, zahlen!«

»Ham S' was g'sagt?«, tönte es unter Stricknadelgeklapper herüber.

»Ich war so frei. Zahlen möcht' ich!«

Berta schwebte heran. Eine gekränkte Titania. (Aus Niederbayern.)

»Oh mei, sind Sie heut bös! Also was ham S' dann g'habt?«

»Vier Dunkle und – 's ist gut, da kommt Dr. Heßberg, ich zahl' später!«

Fräulein Berta wandte sich meinem Freund zu, um ihn aus seinem Mantel zu schälen.

»Einen Kognak!«, bestellte er kurz, nahm mir gegenüber Platz und ersetzte seinen zerkauten Zigarrenstummel durch eine neue Zigarre.

»Die wievielte ist das heute?«, erkundigte ich mich.

»Die zehnte!«

Wenn Dr. Heßberg so stark rauchte, hatte er sicherlich viel Arbeit und viel Ärger hinter sich. Ich hatte es ihm ja auch auf den ersten Blick angesehen, dass er übelster Laune war. Dennoch konnte ich ihm eine kleine Moralpauke wegen seiner beispiellosen Unpünktlichkeit nicht ersparen und ich begann vorwurfsvoll:

»Ich gestatte mir die bescheidene Bemerkung, dass es vor ur-urgrauer Zeit einmal neun Uhr war. Zu dieser angenehmen Stunde hätte eigentlich –«

»Ich weiß!«, unterbrach mich Walter nervös. »Ich weiß!« Und in einem plötzlichen Zornausbruch schlug er auf den Tisch. »Aus der Haut fahren kann man!«

»Das bestreite ich!«

»Lass das, ich bin nicht zu Scherzen aufgelegt!«

»Warum? Hat dich jemand drei Stunden warten lassen? Oder ist ein Patient ›unartig‹ gewesen?«

»Unartig!«, rief Dr. Heßberg tragisch. »Sage lieber: skandalös! Das ganze Lazarett hat mir der Kerl auf den Kopf gestellt! Da gibt man sich die größte Mühe mit so einem braunen Burschen –«

»Braun?«

»Nun ja, es ist ein Inder! Seinen Namen soll der Kuckuck behalten, denn er ist ungefähr so lang wie ein ausgewachsener Leitartikel. Wir nennen ihn, seinem Wunsch gemäß, Mister Galgenstrick!«

»Das klingt doch recht vertrauenerweckend! – Übrigens ein Inder – das interessiert mich mächtig!«

Fräulein Berta brachte den bestellten Kognak, den Walter auf einen Zug austrank.

»Mir noch ein Bier, Berta!«, sagte ich. »Und zwar –«

»Jetz is z' spät. Jetz is Polizeistund'!«

»Aber den angefangenen Satz wird man doch noch zu Ende sprechen dürfen?«

Sie wandte sich wieder ihrem Strickstrumpf zu, – ich war endgültig in Ungnade gefallen.

»Ein Inder sagtest du, Walter?«

»Ja, und was für einer! Unglaublich, so einen Kerl überhaupt in europäisches Klima zu verschicken! Hochgradig tuberkulös. Und jetzt noch einen Achselschuss dazu. – Das hindert aber Herrn Galgenstrick durchaus nicht, sich aufzuführen wie ein wildgewordener Truthahn!«

»Was hat er denn angestellt?«

»Er lässt sich einfach nicht behandeln. Gewalt muss man anwenden, um ihm einen Verband anzulegen. Zwei Leute müssen ihn festhalten. Er behauptet nämlich, alle unsere Medikamente seien wertlos, ihm könne nur ein einziges Mittel helfen, und zwar – es ist zu blöd, man könnte darüber lachen, wenn es nicht zum Verzweifeln wäre –«

»Und zwar?«

»Heiliger Kuhmist!«

Ich verzweifelte nicht, sondern lachte.

»Du hast leicht lachen«, fuhr mein Freund gereizt fort. »Aber mir ist das gar nicht spaßhaft. Für mich ist ein Kranker ein Kranker, und ich betrachte es als meine Pflicht, ihn zu retten. Gleichgültig, wer und was er ist! Da strengt man sich an, müht sich wie ein Vater um so einen Menschen, und zum Dank tobt und schreit er, wirft einem die Medizinflaschen ins Gesicht, beißt einem in die Hände – und brüllt, er will heiligen Kuhmist haben!«

»Ein hochinteressanter Patient! Du, dem musst du mich vorstellen!«

»Nein!«

»Wirklich im Ernst: den möchte ich kennenlernen!«

»Wozu?«

»Erstens um ihn zu beruhigen, zweitens um mit ihm zu plaudern.«

»Das wird dir schwerfallen. Mister Galgenstrick spricht ein englisches Kauderwelsch, das kein Normalmensch verstehen kann.«

»Daher auch wahrscheinlich seine Aufgeregtheit. Der arme Kerl begreift einfach nicht, was ihr mit ihm vorhabt! Walter, du weißt, ich spreche Englisch wie meine Muttersprache –«

»Hm!«

»Ich danke dir! ›Hm‹ ist eine halbe Zusage! Also, wann werde ich Mister Galgenstricks Bekanntschaft machen?«

»Morgen um drei Uhr! Aber pünktlich sein!«

»Pünktlich, als ob ich Dr. Heßberg hieße!«

Am nächsten Nachmittag zeigte mir Walter den indischen Patienten. Er war wegen seiner vorgeschrittenen Tuberkulose in einem Separatzimmer untergebracht.

Ich hatte erwartet, einen jener abgemergelten Inder zu finden, wie man sie auf den Bildern der indischen Hungersnöte in illustrierten Zeitschriften sieht. Zu meiner Überraschung traf ich einen jugendlichen Mann von nicht unsympathischen Gesichtszügen, dem man seine schwere Krankheit kaum ansah.

Er lag ruhig im Bett und betrachtete mich mit durchtriebenen Augen, die eine drollig-naive Spitzbüberei verrieten.

Der Bursche gefiel mir. Wenn ich nach dem ersten Eindruck eine Diagnose seines Charakters hätte stellen sollen, hätte ich gesagt: »Windhund.«

»Geh nicht zu nah an ihn ran«, flüsterte mir Dr. Heßberg zu. »Er beißt, wenn er gereizt wird!«

Aber aus den Augen Mister Galgenstricks sprach keine feindliche Absicht. Er musterte mich eine Weile schweigend und frug dann: »Bringst du mir heiligen Kuhmist, Herr?«

Ich muss gestehen, es war das schauderhafteste Englisch, das je meine Ohren schmerzte.

»Nein«, antwortete ich. »Aber ich werde versuchen, ihn dir zu verschaffen.«

Walter gab mir einen Rippenstoß. »Bist du verrückt?«

Der Kranke hingegen nickte befriedigt. Ich hatte ihm eine Hoffnung gegeben, und er war mir dankbar dafür.

»Wann kommst du wieder, Sahib?«

»Morgen!«, sagte ich. Und bekam für diese Antwort den zweiten Rippenstoß.

Und ich kam morgen wieder, und übermorgen, und beinahe täglich.

Freilich, das gewünschte Heilmittel durfte ich ihm nicht verschaffen, aber ich brachte ihm ein anderes, wohltuendes Heilmittel: Ablenkung. Ich hatte mich nach wenigen Tagen an sein Kauderwelsch gewöhnt, verstand ihn fließend und gewann mir dadurch sein Vertrauen.

Ja, ich brachte ihn im Laufe einer Woche so weit, dass er sich willig behandeln ließ, obwohl er für des Arztes Bemühungen nur ein verächtliches Lächeln übrig hatte.

»Es ist alles sinnlos«, behauptete er, »aber macht mit mir, was ihr wollt!«

Mitunter hatte er Stunden der tiefsten Niedergeschlagenheit. Dann flackerte ein wilder Hass gegen alle Weißen in ihm auf, – besonders gegen die Engländer.

Aber er hatte auch Stunden, in denen er lenksam war wie ein Kind.

Und eine solche Stunde benutzte ich zu der Bitte, mir seine Lebensgeschichte zu erzählen. Ich versprach ihm, sie wörtlich aufzuschreiben.

Wider alles Erwarten sagte er nach kurzem Besinnen zu.

Und da auch Dr. Heßberg keine Einwendung dagegen hatte, so brachte ich schon zum nächsten Besuche Bleistift und Papier mit, und Mister Galgenstrick begann zu diktieren.

Hier ist die Geschichte seiner Erlebnisse.

Ich schrieb sie nieder, wie er sie erzählte, und ich enthalte mich jeden Kommentars.

Möge sie für sich selbst sprechen.

Ich bin geboren in Bombay, bin der dritte Sohn meines Vaters und heiße Maharabatigolamatana.

Weil aber dieser Name meinem Vater zu lang war und auf die Dauer zu einsilbig schien, kürzte er ihn ab und rief mich »Galgenstrick«.

Ich bin Hindu, und unsere Familie gehört der Kriegerkaste an. Mein Vater war denn auch ein sehr tapferer Mann und lag in beständigem Krieg mit den englischen Wächtern; die Engländer nämlich sind ein merkwürdiges Volk: Sie selbst stecken mein ganzes Vaterland ein, sie wollen aber nicht erlauben, dass ein armer Hindu nur eine einzige fremde goldene Uhr einsteckt, und so kam es öfter zu lebhaften Meinungsverschiedenheiten zwischen meinem Vater und England.

Bei solchen Meinungsverschiedenheiten pflegte mein Vater sehr heftig schreiend aufzutreten, weil man ihm den Rücken mit einer Peitsche bearbeitete, wobei meist der Rücken, seltener die Peitsche entzweiging. Die dummen Engländer glaubten, durch dieses Peitschen meinen Vater zu entehren, – als ob ein Nichthindu überhaupt einen Hindu entehren könnte. Es ist dies ein Pröbchen des Größenwahnes der Weißen, dieser unreinen Menschenrasse, die glaubt, weil sie uns Steuern abnimmt, sei sie uns ebenbürtig. Sie wissen nicht, dass ein Hindu lieber Hungers stürbe als mit einem Weißen an einem Tisch äße, und dass uns eine Speise schon als unrein und ungenießbar gilt, wenn nur der Schatten eines Weißen auf sie fiel.

Wollte ich alle die Kriegstaten meines Vaters aufzählen, so würde es ein Buch werden, länger als meines Vaters Strafliste.

So will ich nur erzählen, dass er im vierzigsten Jahre seines gesegneten Lebens einen ehrenvollen Tod starb, unterhalb eines Querbalkens, mit dem ihn ein Seil verband, das man zweckmäßig um seinen Hals gelegt hatte.

Ich schnitt den Leichnam ab, verbrannte ihn, nachdem ich aus den Taschen seiner Kleidung die Uhr des Henkers und den goldenen Bleistift des Staatsanwaltes entfernt hatte, streute die Asche ins Meer und betete, dass die Seele meines Vaters in den Leib eines heiligen Affen fahren möge.

Denn ich bin ein frommer Hindu und befolge alle Bräuche meiner Religion, solange sie nicht mit Unkosten verknüpft sind oder mich in meinen Lebensgewohnheiten stören.

Die Tränen treten mir in die Augen, wenn ich der letzten Worte gedenke, die mein Vater zu mir sprach: »Liebes Kind«, sagte er (das heißt, er drückte sich etwas unhöflicher aus), »liebes Kind, ich steige morgen die Leiter hinauf, die auch du eines Tages besteigen wirst. Denn dies ist Überlieferung in unserer Familie. Ich habe mein Leben mit nichts begonnen, aber ich habe mich zu ansehnlichen Schulden emporgearbeitet. Wenn du jemanden bei der Nennung meines Namens weinen siehst, so tritt auf ihn zu und tröste ihn: ›Du bist nicht der Einzige, dem er etwas schuldig geblieben ist.‹

Ich habe dich in meinem Geiste erzogen, mein Kind: Du hassest, was das Leben hässlich macht, nämlich die *Arbeit*, und liebst die Beschäftigung des Weisen, das *Nichtstun*! Ich bin stolz auf dich: Wer vermöchte ein Geldstück mit so viel heimlichem Nutzen zu wechseln wie du? Ich glaube, ein Weißer könnte seine Ringe durch die Nase tragen statt an den Fingern, du würdest sie entfernen, ohne dass er es bemerkte. Ich sterbe beruhigt. Wenn du von mir sprichst, mein Kind, so tue es in einem Tone, als stünde ich hinter dir und könnte dich noch verprügeln, wie ich es so oft und ausgiebig getan habe!«

Bei diesen Worten lächelte ich, mein Vater sah es, versetzte mir einen Fußtritt, dass ich dachte, das Gefängnis stürze ein, und er fuhr fort:

»Du stehst nun allein in der Welt, allein in der großen Gaunergemeinschaft, die sich Menschheit nennt. Lerne lachen, wenn es dir weh ums Herz ist, und lerne weinen, wenn du vor Heiterkeit tanzen möchtest! Es gibt keine Schlechtigkeit, die sich nicht als Tugend maskieren ließe! Alles auf dieser Welt ist Schein, und ob du Gutes tust oder Schlechtes, es wird dir so ergehen, wie es vom *Schicksal* vorausbestimmt ist. Glaube nicht, dass sich die Götter, die das Schicksal lenken, durch die Handlungen der Menschen in ihren Entschlüssen beeinflussen ließen: Der Menschen Schicksal ist ihnen nur ein Würfelspiel!

Verachte die Menschen, wie es das Schicksal selbst tut. Denn was hast du von ihnen zu erwarten? Wenn du große *Wohltaten* übst, werden sie dich *beneiden*, – wenn du aber große *Schelmenstreiche* ausführst, werden sie dich *bewundern*. Ich habe dich derartig erzogen, dass du die höchste Bewunderung finden wirst!

Das Erbteil, das ich dir hinterlasse, ist ungeheuer. Denn nicht nur hinterlasse ich dir Malatri, die Brillenschlange, sondern auch den Inhalt sämtlicher Westentaschen, Hosentaschen und Brusttaschen sämtlicher Weißen, die unser Land besuchen!

Lebe wohl, mein Kind!«

So sprach mein Vater, umarmte mich, indes dicke Tränen über seine Wangen perlten (ein Zeichen, dass ihm sehr heiter zumute war), und entließ mich. Der Gefängniswärter, der von unserer Unterredung kein Wort verstanden hatte, führte mich auf die Straße.

In der Nacht machte mein Vater einen missglückten Ausbruchsversuch, und am nächsten Tage verließ seine Seele den Leib.

Ich machte vor dem Gefängniswärter eine tiefe Verbeugung, flüsterte »Salaam«, eine Ehrenbezeigung, bei der man sich die schlimmsten Beleidigungen denken kann, und schritt gedankenvoll die Straße hinab.

Ich kam vorbei an dem Krankenhaus der Tiere, in dem wir die siechen Tiere pflegen, bis der Tod ihren Leiden ein Ende setzt. Und wir pflegen die fallsüchtige Kuh, den aussätzigen Affen, das krätzige Huhn mit derselben Liebe und Ehrfurcht wie die leidende Ratte und den verstümmelten Skorpion.

Und ich ging weiter, vorüber an Tempeln und heiligen Teichen, und kam in den Stadtteil der Weißen, wo der große Bahnhof steht, der uns die Fremden bringt, auf dass wir ihre Taschen leeren; wo ihre Kirchen ragen, in denen sie zu einem Gott beten, den ich nicht begreife und nicht begreifen *will*; wo ihr Regierungspalast, auf dessen breitem Bau ein schmales Türmchen ruht, wie ein Tragsessel auf dem Rücken eines Elefanten, hochmütig den Hindu anstarrt; wo die Stadthalle ernst dreinblickt, die in ihrem Bauche unzählige Bücher birgt, aus denen die Weißen allerlei Unnützes lernen, was sie für wissenswert halten.

Es sind stolze Häuser, nicht vergleichbar unseren Lehmhütten, und wenn sie einmal zerstört sein werden, werden sie schönere Ruinen geben. Und sie werden bewundert von allen, die sie zum ersten Male schauen.

Ich aber achtete nicht auf alle diese bekannten Herrlichkeiten, ich beeilte mich, nach Hause zu kommen zu Malatri, der Brillenschlange, die ich von meinem Vater geerbt hatte.

Malatri ist die durchtriebenste, heimtückischste Schlange Indiens, und ich glaube, dass die Seele eines englischen Diplomaten in ihr wohnt. Ihr sind die Giftzähne ausgebrochen, und Schiwa füge, dass das gleiche auch der englischen Politik passieren möge.

Jetzt, da Malatri gestorben ist, kann ich ruhig ausplaudern, wozu sie mir diente: Wenn die Nacht herniedersank, barg ich sie unter meinem Kleid, schlich in das Europäerviertel der Stadt und ließ Malatri in das Schlafgemach einer weißen Lady schlüpfen. Zischend richtete sich die Schlange auf, die Herrin schrie, die Hausbewohner liefen zusammen, um die Schlange zu erschlagen, – und in dem allgemeinen Tumult fand ich Zeit und Muße, in den vornehmen Zimmern des Hauses ein wenig Umschau zu halten. Wenn ich dann meine Beute nach Hause brachte, pflegte Malatri, die kluge Brillenschlange, schon an der Pforte auf mich zu warten. Ich lobte sie, gab ihr Reis und süße Milch zu fressen, wickelte mich in meine Decke und schlief ausgezeichnet, wie eben ein Mensch schläft, der sich eines guten Gewissens und eines wohlgelungenen Einbruchdiebstahls erfreut.

Es ist merkwürdig, dass die Weißen so sehr vor einer Brillenschlange erschrecken, und es hängt sicherlich mit der törichten Furcht zusammen, die dieses dumme Volk vor dem Tode hat. Wir Hindus wissen, dass wir keine Stunde früher oder später sterben werden, als es uns vom Schicksal vorausbestimmt ist. Ist unsere Stunde noch nicht gekommen, so können uns Tausende von giftigen Schlangen beißen, ohne dass es uns schadet, – ist aber unsere Zeit abgelaufen, so sterben wir an dem

Stich einer Mücke, an dem Schlag eines Strohhalmes, an dem Biss eines Mehlwurms.

Die Europäer begreifen das nicht, sie verbringen ihr ganzes Leben in Furcht und Sorge, in Angst und Selbstquälerei, sie scheuen den Tod, statt sich auf die Sterbestunde zu freuen, die sie von einem solchen selbstverpfuschten Leben erlöst.

Das Schlimmste aber ist, dass diese weißen Menschen sich unterfangen, mit ihren niedrigen Anschauungen unser abgeklärtes Leben zu stören. Nicht nur, dass sie uns die Witwenverbrennungen und das Ertränken der neugeborenen Mädchen verbieten, sie suchen auch bei Pestepidemien durch allerhand Vorschriften, die sie »sanitäre Maßregeln« nennen, den Gang des Schicksals zu ändern. Ein ebenso vergebliches wie fluchwürdiges Unternehmen.

Sie verbieten uns in solchen Jahren, von dem Wasser des heiligen Stromes zu trinken, – weil Aussätzige darin baden, und weil wir die Kadaver der heiligen Tiere in diesen Strom zu werfen pflegen.

Sie glauben eben nicht an das Schicksal, nicht an die Macht Schiwas, sondern nur an die Macht des Goldes, und deshalb ist es ein gutes Werk, ihnen das Gold wegzunehmen.

Ich aber füge mich nur dem Schicksal. Will es das Schicksal, so habe ich heute satt zu essen, – will es das Schicksal, so hungere ich. Zeitweise verdinge ich mich einem Europäer als Boy. Will es das Schicksal, so gelingen mir meine Betrügereien gegen ihn, und er gibt mir obendrein ein gutes Zeugnis, das ich durch einige eigenhändige Zeilen noch verbessere, – will es das Schicksal anders, so erwischt er mich beim ersten Betrug und verprügelt mich, dass ich nicht mehr weiß, was hinten und vorne ist. Beides ist mir recht.

Finde ich in der Tasche eines Fremden eine Geldbörse, und will es das Schicksal, dass sie wohlgefüllt ist, so behalte ich sie, – will es aber das Schicksal, dass sie leer ist, so trage ich sie zur Wache.

Alle Hindus sind in dieser Verehrung des Schicksals einig, und nur über *einen* Punkt herrscht zwischen mir und meinen Brüdern eine Meinungsverschiedenheit: Jene behaupten, es sei das höchste Glück der Erde, auf dem Rücken zu liegen und in die Sonne zu blinzeln, ich aber sage, es ist ein noch größeres Glück, dabei auf dem *Bauch* zu liegen.

Nun, das sind eben verschiedene Weltanschauungen, über die sich nicht streiten lässt.

Solche Gedanken ballten sich hinter meiner Stirne, als ich an jenem denkwürdigen Tage des Abschieds von meinem ehrwürdigen Vater die Straßen hinabeilte, um Malatri, die Brillenschlange, zu holen. Da hemmte ein ungewohnter Aufzug meine Schritte.

Wohl zwanzig junge Europäer, in Reihen zu drei und drei aufgestellt, kamen des Wegs daher, begleitet von einer weinenden Frau und von Jim Boughsleigh, dem Soldaten, der sie mit geladenem Gewehr bewachte.

Ich weiß nicht, ob Ihr Jim Boughsleigh kennt? Wenn Ihr ihn *nicht* kennt, habt Ihr jedenfalls nicht viel verloren. Er ist ein langgeschossener dürrer Mensch mit einer Nase, die an Wochentagen sanft rosa, sonntags aber ins Bläuliche schillert. Wie er mir erzählte, ist er in Southampton geboren worden, verlebte aber viele Jahre in einem Städtchen namens Arbeitshaus und trat schließlich in die Kolonialarmee ein, weil sich seine langen Beine so gut zum Laufen eignen.

Als ich Jim Boughsleigh kennenlernte, befand er sich gerade in heiligem Zustand. Er lag auf der Straße, streckte alle viere von sich und gab auf keine Frage Antwort. Seine Seele weilte auf Urlaub im Paradies.

Ich habe ihn später noch öfter in diesem heiligen Zustand angetroffen, und ich habe beobachtet, dass er dabei stets eine leere Flasche bei sich hatte, auf der »Whiskey« stand. Einmal war noch ein wenig heiliges Wasser in dieser Flasche, ich zog sie ihm aus der Tasche, setzte sie an den Mund, trank – und warf die Flasche entsetzt fort, denn es saß ein brennender Dämon darin.

Von dem Klirren der Flasche erwachte Jim Boughsleigh, ächzte und sprach die heiligen Worte: »Mich is schlecht! Very hundsmiserabel is mich!«

Späterhin, als wir uns etwas angefreundet hatten, wollte Jim Boughsleigh auch *mir* von seinem heiligen Wasser zu trinken geben. Aber ich lehnte ab, weil in den Vorschriften unserer Religion kein Gebot enthalten ist, Dämone zu trinken. Und weil ich der Ansicht bin, dass der Genuss des Wassers vom heiligen Strom in Benares, obwohl Pestkranke darin baden und Tierleichen darin schwimmen, lange nicht so viel Schaden auf der Welt anrichtet als der Genuss des heiligen Whiskeywassers.

Jim Boughsleigh war ein Narr wie alle Europäer. Befand er sich in unheiligem, nüchternem Zustand, so fand er nicht genug Worte des

Lobes für seinen Stand und seinen Herrscher. Er blähte sich auf wie ein Kalkuttahahn und krähte:

»Ich bin ein Soldat Seiner Majestät des Königs von England, des Kaisers von Indien! *God save the King!*«

»Ist dein König sehr mächtig?«, frug ich ihn.

»Der mächtigste König der Welt! Von Rechts wegen sollte ihm die ganze Erde gehören!«

»Wie viel Frauen hat er denn?«, erkundigte ich mich weiter.

»Schafskopf! Eine einzige!«

Da dachte ich mir meinen Teil. – Ein König, der sich nur eine einzige Frau leisten kann, kann nicht gar so reich sein! Jeder indische Fürst hat ein paar hundert.

Aber ich wollte nicht vorschnell urteilen, denn ich bin ein Hindu und kein Europäer, und deshalb fuhr ich fort zu fragen:

»Wie viel Elefanten hat dein König in seinem Stall?«

»Gar keine! Esel!«

»Welcher Kaste gehört dein König an?«

»Bei uns gibt es nur eine Kaste, die der Gentlemen!«

Ich dachte mir: »Oh weh! Wer verbergen muss, welcher Kaste er angehört, der kann nicht weit her sein! Am Ende gehört er zur Kaste der Wasserträger?« Und ich rümpfte in Gedanken meine Nase.

Aber weil ich ein gründlicher Mensch bin, stellte ich eine letzte Frage:

»In welchem Tempel wird dein König verehrt?«

Da lachte Jim Boughsleigh herzlich und sagte:

»In einem großen Tempel, dem größten Heiligtum der Engländer: es heißt *die Börse!*«

Das imponierte mir gewaltig, und ich habe seitdem tiefe Ehrfurcht vor dem König von England. Und ich denke mir: Wenn er auch keine heiligen *Elefanten* besitzt, so wird er doch genug heilige *Affen* in seiner Umgebung haben.

In solchen Tönen pflegte Jim Boughsleigh seinen Herrscher und seinen Soldatenberuf zu lobpreisen, wenn er seine unheiligen Stunden hatte. Befand er sich hingegen in heiligem Zustand, so schimpfte er auf seinen King und auf seine sämtlichen Vorgesetzten mit einer Überzeugungskraft, dass einem Angst und Bange werden konnte, und er verglich sie mit Tieren, von denen ich noch nie etwas gehört hatte.

Dies also war Jim Boughsleigh, der an jenem Tage mit geladenem Gewehr als Wächter der Weißen des Wegs daherkam.

Als er mich erblickte, grinste er über das ganze Gesicht, so dass ich seine Zähne sehen konnte, soweit sie ihm seine Kameraden noch nicht eingeschlagen hatten, und winkte mir mit den Blicken, näher zu treten.

Ich dachte mir: »Mögen sämtliche Dämonen in deine Eingeweide fahren!«, machte eine tiefe Verbeugung und näherte mich in demütiger Haltung, indem ich um Auskunft bat: »Wer sind diese weißen Sahibs?«

»Das sind Deutsche!«, grinste Jim Boughsleigh und fügte einen gräulichen Fluch hinzu, den ich aber nicht wiederholen mag, denn ich bin ein Hindu und kein kultivierter Europäer.

»Bringst du sie an den Dampfer?«, frug ich.

»Nein, ins Gefängnis!«

»Was haben sie denn verbrochen?«

»Sie sind Deutsche!«

Da machte ich ein sehr beileidsvolles Gesicht, innerlich aber lachte ich mir einen Ast: Haha, fangen die Weißen an, sich gegenseitig einzusperren? Das ist recht! Schade, dass sie nicht früher damit angefangen haben!

»Ist es denn ein Verbrechen, ein Deutscher zu sein?«, frug ich weiter.

Da hob einer der Gefangenen, der unser englisch geführtes Gespräch verstanden hatte, den Kopf, betrachtete Jim unsäglich verachtungsvoll und sagte: »Es ist ein *Glück*, ein Deutscher zu sein!«

Das gefiel mir von ihm, denn jeder Mensch soll stolz auf seine Abstammung sein, wenn er auch nur ein Weißer ist. Dem Jim Boughsleigh aber gefiel es gar nicht, er nahm sein Gewehr und stieß dem Gefangenen den Kolben in den Rücken, dass sich vor Wut und Schmerz sein Gesicht verzerrte.

Ich verstand die ganze Geschichte nicht und erkundigte mich deshalb: »Edler Jim, seit wann sperrt man denn die Deutschen ein?«

»Seit der Krieg ausgebrochen ist! Weißt du, was das ist: ›Krieg‹?«

Innerlich musste ich wieder furchtbar lächeln über diese eingebildete Frage. Ist es nicht zum Kugeln: Ein englischer Soldat fragt mich, einen Hindu der Kriegerkaste, ob ich wüsste, was »Krieg« ist?

Aber weil mein Gesicht nicht dazu da ist, meine Gedanken widerzuspiegeln, blieb ich äußerlich ernst und sprach: »Ein Krieg ist, wenn zwei Männer sich in ehrlichem Kampfe gegenübertreten, um ihre

Kräfte zu messen, so dass man sehen kann, welcher von beiden der Stärkere und Tapferere ist!«

Da wieherte Jim Boughsleigh wie eine Eselin, der etwas Spaßhaftes eingefallen ist, und prustete: »Mensch, nein, bist du komisch! In einem modernen Krieg sieht man den Gegner meist überhaupt nicht! Auf viele tausend Meter schießt man auf ihn mit Kanonen, deren Geschosse den Kuckuck danach fragen, ob du tapfer oder feig bist! Wenn dich ein Granatsplitter auf den Kopf trifft, bist du einfach kaputt, ob du nun ein Riese Goliath oder ein Schneidermeister Fips bist! Wen's trifft, das ist Zufall!«

Mich ärgerte dieses dumme Gerede. Ich wusste zwar nicht, was ein Kuckuck oder ein Granatsplitter ist, noch kenne ich den Riesen Goliath oder den Schneidermeister Fips, aber ich weiß, dass nichts auf dieser Welt *Zufall* ist, sondern alles vorausbestimmtes Schicksal. Wen ein Granatsplitter (oder wie das Ding heißt) treffen soll, den kann es mitten im Frieden treffen, wenn es das Schicksal so will.

Ich hätte das Jim Boughsleigh auseinandersetzen können, – aber wozu mit einem Weißen streiten? Wenn ein Weißer merkt, dass er unrecht hat, fängt er an zu schreien, zu prügeln und irgendeine geheime Rache zu brüten.

Während ich mich freue, wenn ich einen Klügeren antreffe, der mir von seiner Weisheit mitteilt, ärgert den Weißen nichts ingrimmiger, als wenn er einen Klügeren findet. Der Weiße ist so maßlos eitel, dass er jede Überlegenheit seines Nächsten wie eine persönliche Kränkung empfindet, dass er den faulen Durchschnitt liebt und jeden, der darüber emporragt, mit seinem Hass zu verkleinern sucht. Und daher kommt es, dass in Europa die Dummköpfe das große Wort führen.

Ich sparte mir also die Mühe, Jim Boughsleigh aufzuklären darüber, dass es kein alberneres Wort gäbe als das inhaltlose Wort »Zufall«, ich machte wieder eine Verbeugung, bei der ich mir allerhand dachte, und wollte meines Weges gehen, als mich Jim zurückhielt.

»Hast du heute Abend Zeit?«, meinte er. »Ich habe mit dir Wichtiges zu sprechen!«

»Heute ist ein Festtag«, gab ich zurück. Denn ich hatte in der Tat die Absicht, mir mit Malatri, der Brillenschlange, einen Festtag zu machen.

»Und morgen?«, forschte Jim Boughsleigh.

»Morgen wird mein ehrwürdiger Vater gehenkt! Aber übermorgen stehe ich zu deinen Diensten, Herr!«

»Also übermorgen Abend nach sechs Uhr am heiligen Teich! Sei pünktlich: Es handelt sich um etwas sehr Wichtiges für dich!«

»Ich werde zur Stelle sein, edler Jim!«

Ich warf noch einen Blick auf die deutschen Gefangenen, von denen einer eine Bemerkung in einer mir unverständlichen Sprache machte, über die sie alle herzlich lachten, und bog in eine Nebengasse ein.

Verwunderung hatte mich erfasst, denn ich hatte es noch niemals erlebt, dass Weiße, auch wenn sie im Unglück sind, heiteren Gemütes bleiben.

Noch mehr aber wunderte mich die Ankündigung Jims. Was mochte er wohl so Wichtiges mit mir zu sprechen haben? Es war das erste Mal, dass er sich förmlich mit mir verabredete, und ich folgerte daraus, dass er mich zu irgendetwas notwendig brauchte.

Was konnte es nur sein? Ich argwöhnte Böses, – haben doch die Engländer, so weit ich zurückdenken kann, uns Indern nur Böses angetan.

Je länger ich in Zweifeln nachdachte, desto aufgeregter wurde ich, – nicht vor Todesangst, denn die Todesangst ist ein Gefühl, das uns die Engländer nicht beibringen werden, und wenn sie uns noch so lange zivilisieren, sondern vor Betrübnis, man werde mich vielleicht zu irgendeiner Schlechtigkeit zwingen wollen.

Als ich in meiner Lehmhütte anlangte, war ich vor Nachdenken ganz erschöpft. Ich beschloss, meinen Beutezug mit Malatri, der Brillenschlange, auf eine andere Nacht zu verschieben, wusch mich, verrichtete meine Gebete und wickelte mich in eine Decke. Aber es dauerte lange, bis mich weiche Hände in das Reich der Träume trugen, denn mich marterte die Frage: »Was mag nur Jim Boughsleigh von dir wollen?«

So weit war mein Freund, der Hindu, in seiner Erzählung gekommen, als die Krankenschwester an das Bett trat und mich leise bat, meinen heutigen Besuch zu beenden: der Kranke müsse nun schlafen.

Ich verabschiedete mich von Mister Galgenstrick mit einem lächelnden Kopfnicken, da ich wusste, dass ihm jede körperliche Berührung mit einem Weißen peinlich war.

Mister Galgenstrick hob zum Abschiedsgruß seine linke Hand, um sie über die Brust zu legen. Diese Bewegung aber löste bei ihm einen heftigen Hustenanfall, begleitet von Blutspucken, aus, so dass die Krankenschwester ihn stützen musste. Sie reichte ihm Kochsalz zu schlürfen, er lehnte es aber mit einer halb traurigen, halb trotzigen Kopfbewegung ab.

Ich eilte nach Hause, um meine stenografischen Aufzeichnungen in Reinschrift zu übertragen. Die ganze Nacht hindurch schrieb ich, und wenn ich »Galgenstricks« Erzählungen vielleicht stellenweise nicht ganz wortgetreu wiedergegeben habe, so liegt das in erster Linie an dem närrischen englischen Kauderwelsch, das er sprach.

Als ich am nächsten Mittag das Lazarett wieder besuchte, mahnte mich auf dem Korridor die Krankenschwester, unseren Patienten nicht zu überanstrengen.

»Er darf nicht so viel reden. Es greift ihn zu sehr an!«

Ich versprach, nicht länger als eine Stunde zu bleiben.

Um dem Kranken eine Freude zu machen, hatte ich ihm einige Fotografien indischer Landschaften und Gebäude mitgebracht, die ich aus Büchern meiner Bibliothek herausgerissen hatte. Er betrachtete die Bilder lange schweigend, bat mich dann durch eine Geste, sie unter sein Kopfkissen zu legen.

Ich glaube, ich bin durch dieses kleine Geschenk sehr in seiner Achtung und Neigung gestiegen. Wenigstens ließ er sich diesmal nicht lange bitten, mir zu erzählen, deutete vielmehr gleich auf meine weißen Notizblätter und den wohlgespitzten Bleistift, gab der Krankenschwester ein Zeichen, sich zu entfernen, und begann:

In den nächsten zwei Tagen nach dem Zusammentreffen mit Jim Boughsleigh stellten sich einige Änderungen im gewöhnten Leben Bombays ein. Man sah mehr Soldaten als sonst auf den Straßen, besonders viel mohammedanische Truppen. Vor dem Klubgebäude der Deutschen standen bei Tag und Nacht Wachen, und kein Deutscher konnte dieses Haus verlassen, ohne dass ihm ein Wächter gefolgt wäre.

Es konnte sich dabei übrigens nur um ältere Männer und Frauen handeln, denn die jungen Männer waren alle eingesperrt worden. Besonders scharf waren die Wachen am Hafen. Niemand durfte herein oder hinaus, ohne dass er kontrolliert worden wäre. Mein Freund Lapalogi verdiente in jenen Tagen ein Vermögen mit dem Ausstellen falscher Pässe.

Es bekam ihm leider schlecht, denn ein Konkurrent verriet ihn den Engländern, und diese stellten ihn als Zielscheibe an die nächste Wand, was er so schlecht vertragen konnte, dass er umfiel und tot war. Er war ein sehr talentvoller Mensch.

Die Europäer nannten ihn zwar einen Schuft, aber das war sehr ungerecht. Allerdings wurde er, kaum dreißigjährig, wegen seiner Fälschungen erschossen, – wäre er aber ehrlich gewesen, so wäre er vermutlich schon zehn Jahre zuvor verhungert. Seine Werke werden ihn lange überdauern, besonders das falsche Papiergeld, das er meisterhaft herzustellen verstand.

Auch ich hatte in diesen Tagen einen bescheidenen Nebenverdienst. Ein junger Deutscher ersuchte mich nämlich, ihm gegen eine Belohnung von zwölf Rupien das Gewand eines Mohammedaners zu verschaffen, in dem er sich nach seiner Heimat durchschmuggeln wollte. Das Schicksal wollte es, dass ich noch am selben Tag das gewünschte Kleid stehlen konnte. Ich ließ mir vierzehn Rupien dafür bezahlen und schwor, dass ich nichts dabei verdiente.

Ich weiß, dass es bei euch Weißen als verboten gilt, seinem Nachbar die Kleider zu stehlen. Bei euch darf man seinem Nächsten höchstens die Arbeitskraft, die Gesundheit, die Lebensfreude stehlen. Ich habe viel darüber nachgedacht, aber ich bin zu keinem Resultat gekommen, wo der erlaubte Diebstahl aufhört und der verbotene Diebstahl anfängt. Die Frage ist mir zu schwierig, und ich unterscheide deshalb lieber zwei *andere* Arten Diebstähle, nämlich: Diebstahl von Sachen, die man gebrauchen kann, und Diebstahl von Sachen, die man *nicht* gebrauchen kann.

Wenn ich ein Gesetzgeber wäre, würde ich nur die letztere Art bestrafen.

Noch eine andere Neuerung beobachtete ich in jenen Tagen in den Straßen der Stadt. Es wurden in jedem Stadtteil einige Häuser mit englischen Fahnen geschmückt und mit Bildern aus dem Soldatenleben geziert, auf denen in großen Buchstaben stand: »*Come in!*«

Wir Eingeborenen lasen mit viel Interesse diese Aufforderung hereinzukommen – und blieben draußen.

Was ging uns dieser neue europäische Unsinn an?

Wenn die Weißen sich gegenseitig totschlagen wollen, so bin ich damit vollkommen einverstanden, und ich will gerne dafür beten, dass jede Partei unterliegt. Aber weiter will ich nichts damit zu tun haben. Habe ich nicht recht?

Pünktlich zur vereinbarten Stunde machte ich mich auf den Weg, um am heiligen Teich mit Jim Boughsleigh zusammenzutreffen. Malatri, die Brillenschlange, nahm ich in einem Sacke mit, denn ich beabsichtigte, in dieser Nacht wieder einmal meine Vermögenslage gründlich zu verbessern.

Ich machte einen kleinen Umweg, der mich an dem Regierungspalast vorbeiführte. Vor diesem Gebäude drängten sich viele, viele Weiße, und am Fenster stand ein Mann und las von einem Blatt mit hoher Fistelstimme eine Nachricht vor: »Die Russen sind gestern in Berlin eingezogen, die Franzosen stehen in Koblenz.«

Als die Weißen diesen Satz hörten, brachen sie in tollen Jubel aus, umarmten sich, küssten sich und sangen »*God save the King!*«.

Ich wusste nicht, wer die Russen und Franzosen sind, ich weiß auch nicht, was sie in Berlin und Koblenz zu suchen haben, und ob dies fremde Inseln oder Schiffe sind, jedenfalls aber schloss ich aus der allgemeinen Freude, dass das, was der Mann am Fenster vorgelesen hatte, ein sehr guter Witz gewesen sein muss.

Sogar ein paar junge Deutsche, die man gerade von frisch angekommenen Schiffen über den Platz ins Gefängnis führte, lachten hellauf und riefen: »Reuter-Meldung!«

Ich überließ die Europäer ihrer Heiterkeit und beeilte mich, an den heiligen Teich zu kommen.

Jim Boughsleigh wartete schon auf mich. Er saß am Rande des Teiches, und ich bemerkte mit Missfallen, dass sich sein Bild in dem heiligen Wasser spiegelte.

Bei den Begrüßungsworten traf mich sein Atem, und ich fühlte sogleich, dass er schon mehrfach aus seiner Flasche genippt hatte und dass er auf dem besten Wege war, wieder seine heiligen Zustände zu bekommen.

Es war ein prächtiger Abend, der Himmel ein einziges blaues faltenloses Tuch, die Palmen tauschten heimliche Zärtlichkeiten mit dem milden Wind, Vögel lockten sich und sangen sich in ihrer zwitschernden Sprache Liebesgedichte, Ratten huschten und spielten.

Es war einer der Abende, an denen man fühlt, dass die guten Götter doch mächtiger sind als die bösen Dämonen.

Ich legte den Sack mit Malatri, der Brillenschlange, neben mich, beugte mich zu dem heiligen Teich nieder, grüßte mit den Blicken die Frommen, die darin die vorgeschriebenen Waschungen vornahmen, und schöpfte eine Handvoll Wasser. Als ich sie zum Munde führte, entdeckte ich darin – oh günstiges Zeichen! – eine Wasserspinne. Ich setzte sie sorgsam in das Nass zurück und trank meine Hand leer.

Jim Boughsleigh grinste, und ich konnte mir wohl denken, warum. Er verstand es nicht, dass man so viel Wesens mit einer Spinne machen konnte. Die Weißen werden uns in dieser Beziehung nie verstehen, sie begreifen nicht, dass in den Tieren menschliche Seelen wohnen, dass alles, was lebt und webt, ihresgleichen ist, sie haben den Zusammenhang mit der Natur verloren. Sie haben der Natur den Krieg erklärt, ohne zu ahnen, dass sie damit sich selbst den Krieg erklärt haben, da sie doch nur ein Teil der Natur sind. Sie gleichen einem Schilfrohr, das stärker sein will als der Wind. Und weil sie sich selbst taub gemacht haben gegen die Stimmen der Natur, hören sie nicht, wie es rings um sie kichert und spöttelt. Manchmal aber schwillt das Kichern der Natur zu einem gellenden Hohnlachen an, und dann sagen die Weißen: »Es war ein Erdbeben!«, oder: »Ein Vulkan hat Feuer gespien!«

Sie sind wirklich verächtliche Narren, diese Weißen!

Jim Boughsleigh tat einen tiefen Schluck aus seiner Flasche und reichte sie mir dann, damit ich seinem Beispiel folge. Ich lehnte ab, aber da hob er die Faust und schrie: »Sauf, Hindu!« Und weil er der Stärkere war, wollte es das Schicksal, dass ich trank.

Jim steckte seine Pfeife in den Mund, zog die Streichhölzer hervor, und weil seine Hand bereits etwas unsicher war, sah ich mit Freude, dass er mit dem brennenden Streichholz unter seiner Nase herumfuchtelte, was ihm einen Brüller des Schmerzes entlockte.

Endlich brannte seine Pfeife, und er hub an: »Hast du die Deutschen gesehen, die ich ins Gefängnis brachte?«

»Ja, Herr! – Was habt ihr Engländer mit ihnen vor? Lasst ihr sie hungern?«

Jim grölte vergnügt. »Offiziell nicht!«, versicherte er. »Nur inoffiziell! Offiziell sind wir ein Kulturvolk! – Wie hat dir der Anblick gefallen, mein Lieber?«

Ich witterte eine Falle. Weshalb frug Jim nach meiner Ansicht? Haben die Engländer uns etwa nach unserer Ansicht gefragt, als sie uns unser Land wegnahmen und als sie unsere Brüder vor ihre Kanonen banden? Ich beschloss also, vorsichtig zu sein, und erwiderte achselzuckend: »Was gehen mich die Deutschen an?«

»Du bist ein Affe!«, knurrte Jim und spuckte in den heiligen Teich.

Dass er mich mit einem Affen verglich, machte mich doppelt misstrauisch. Weshalb schmeichelte er, wenn er nicht die Absicht hatte, mich zu betrügen?

»Du bist ein Affe!«, wiederholte Jim Boughsleigh. »Was dich die verdammten Deutschen angehen? Sehr viel gehen sie dich an! Weißt du denn nicht, dass die Deutschen die verbissensten Feinde der Hindus sind?«

Das war mir neu. Ich habe einmal als Boy bei einem deutschen Reisenden gedient, er hat mir ein ausgezeichnetes Zeugnis gegeben und ich habe für seine goldene Uhr fünf Rupien bekommen; auch hat er mir im Laufe eines Monats nur siebzehn Fußtritte gegeben, während ich durchschnittlich von den Engländern die doppelte Portion in einer Woche erhalte, – nein, ich hatte damals nichts gegen die Deutschen.

»Wieso sind die Deutschen die Todfeinde des Hindus?«, frug ich nach einigem Nachdenken.

»Trink noch einmal!«, gab mir Jim Boughsleigh zur Antwort und zwang mir die Flasche in die Hand, nachdem er selbst längere Zeit daran gesogen hatte. »Trink, Junge, aber nicht solche Säuglingsschlucke, sondern ordentlich! – Weshalb die Deutschen deine Feinde sind? Eine verdammt dumme Frage!«

Ich fand, dass dies eigentlich weit mehr eine verdammt dumme *Antwort* sei, und schwieg.

Jim Boughsleigh qualmte eine dicke Wolke aus seiner Pfeife. Seine langen Beine baumelten in das Wasser des Teiches, aber sein Zustand war bereits so heilig geworden, dass er es nicht bemerkte. Er spuckte noch einmal aus und sagte:

»Die Deutschen wohnen weit, weit von hier in einem eisig kalten Land. Es ist dort so kalt, dass sie alle erfrieren müssten, wenn sie nicht – hm – (Jim bohrte sich in der angebrannten Nase) – wenn sie nicht *Menschenfleisch* fräßen!«

Mich erfasste ein Schauder ob solcher Freveltat.

»Bleib nur sitzen«, ermahnte mich Jim. Er griff sich mit der Rechten krampfhaft in die Magengegend, stöhnte leise: »Oh, mich is very hundsmiserabel«, und fuhr mit erhobener Stimme fort: »Ja, Menschenfleisch frisst die Bande! Und willst du wissen, *was* für Menschenfleisch?«

Natürlich wollte ich das wissen. »Engländerfleisch?«, schrie ich entsetzt.

»Auch das!«, belehrte mich Jim. »Aber nur am Geburtstag und bei Hochzeitsfeiern! An Wochentagen fressen sie *Hindufleisch*! Beefsteaks aus Hindufleisch!«

Ich war sprachlos. Wer hätte das von den Deutschen gedacht? Sie hatten mir bisher einen für Europäer ganz anständigen Eindruck gemacht. – Aber traue einer den Weißen!!

Was mir Jim Boughsleigh da erzählte, war so schrecklich, dass ich es nur langsam fassen konnte.

Nicht dass die Deutschen die Hindus schlachteten, schien mir das Grauenvolle, denn es ist gleichgültig, welchen Tod man stirbt. Aber dass sie die toten Körper aufaßen, statt sie nach den Geboten unserer Religion zu *verbrennen*, das überstieg alle Grenzen der Menschlichkeit.

Ich *konnte* nicht glauben, was mir Jim erzählte. Aber er beteuerte mir: »Ich will ein Lump sein, wenn ich nicht die Wahrheit spreche! Sogar hier im Gefängnis haben die verdammten Deutschen Hindufleisch verlangt. Ganze Berge Konservenbüchsen davon hat man im Deutschen Klub gefunden!«

Ich ächzte wie ein verwundetes Tier. Jim Boughsleigh sah es mit Befriedigung.

»Gibt es denn in Deutschland Hindus?«, frug ich.

Jim glotzte mich einen Augenblick verdutzt an, dann sagte er mit überlegener Miene:

»Massenhaft!! Jeder Deutsche hält sich seinen Hindu! Und füttert ihn mit Fleisch, bis –«

»Mit Fleisch?«, schrie ich auf. »Mit Fleisch? Wissen sie denn nicht, dass es nur den Hindus der *Kriegerkaste* erlaubt ist, Fleisch zu essen?«

»Natürlich wissen sie das! Aber das ist den Schuften ganz gleichgültig! Krokodilfleisch geben sie den Hindus zu essen, deutsches Krokodilfleisch, weil das am billigsten ist! Na, trinken wir noch eins!«

Er zog wieder einen langen Schluck und reichte mir die Flasche.

Ich glaube, ich habe noch nie einen Menschen so ingrimmig gehasst, wie ich in diesem Augenblick die Deutschen hasste.

»Es ist nicht anders möglich«, murmelte ich dumpf, »die Deutschen sind keine Menschen, sondern böse Dämonen!«

Jim Boughsleigh dämpfte seine Stimme zum Flüsterton:

»Ich wollte es dir nicht sagen, aber da du es von selbst erraten hast: Ja, sie sind böse Dämonen!«

»So nehmen sie auch des Nachts Tiergestalt an?«

»Mit Vorliebe! Das ist eine Spezialität von ihnen! Sie verwandeln sich des Nachts in – in – ja, wie gesagt – sie verwandeln sich – in *Frösche!*«

Mir schwindelte. »In Frösche?!«

»Ja, mein Lieber, in grüne Frösche! Hast du schon einmal die Frösche *quaken* hören? Das ist die deutsche Sprache!«

Das nahm mich nun wieder Wunder, denn ich hatte bisher die Empfindung gehabt, dass das Froschgequake viel mehr Ähnlichkeit mit der *englischen* Sprache habe als mit der deutschen.

Wir schwiegen eine Weile, – ich vor Erregung, Jim, weil ihm die Zunge von Satz zu Satz ungehorsamer wurde.

Da ich nur lüge, wenn es mir etwas einbringt, will ich die Wahrheit sagen und eingestehen, dass an meiner Erregung nicht nur die Empörung über die deutsche Grausamkeit die Schuld trug, sondern auch der genossene Whisky. Der Dämon aus Jims Flasche war mir vom Magen in den Kopf geklettert und spielte dort mit meinem Gehirn jenes Spiel, das die Engländer Football nennen.

»Fragst du nun immer noch, was dich die Deutschen angehen?«, forschte Jim Boughsleigh und hantierte mit einem flackernden Streichholz unter seinem rechten Ohr herum, weil er dort seine Pfeife vermutete, die ihm ins Wasser gefallen war. Und heiser fuhr er fort:

»Man muss sie ausrotten!«

Ich nickte.

»Ja, Herr, das muss man!«

»Au verflucht!!«, schrie Jim, weil sein Ohr in die Streichholzflamme geraten war. »Ausrotten muss man sie! Und *du* musst dabei mithelfen, wenn du kein feiger Hund sein willst!«

»Wieso ich?«, stutzte ich. Eine Ahnung stieg mir auf.

»So fragt ein Angehöriger der *Kriegerkaste*? – Mit uns nach Deutschland musst du –«

»Damit sie mich dort *schlachten*?«

»Oder du sie!«

Jim wurde geradezu zärtlich. Er blickte mich liebevoll an, mit großen runden Whiskyaugen, und schwärmte schwelgend:

»Du gehst mit nach Deutschland: Oh, es ist schön dort, die Sonne scheint, der Mond lacht, die Sterne –«

»Aber es ist doch eiskalt dort?«

»Unsinn!! Brühwarm ist es! Wo ist der Halunke, der behauptet, dass es dort kalt ist?« Er richtete sich kriegerisch auf.

»Du *selbst* hast es doch vorhin gesagt, Herr«, wagte ich einzuwenden. »Die Deutschen fressen Hindufleisch, weil es so kalt ist!«

»Ich selbst? – Allerdings – tja – jawohl – natürlich – in der Tat es ist kalt dort – scheußlich kalt – widerwärtig kalt – aber … aber … *Ach was, trinken wir noch eins!*«

Er setzte wieder die Flasche an, ließ sie aber erschrocken fallen, denn in diesem Augenblick kam mit lärmender Musik ein Zug Menschen um die Ecke.

Ich will hier nicht ausführlich meine Ansicht über die europäische Musik äußern, denn ich habe es längst aufgegeben, geschmackbildend auf die Weißen einzuwirken. Nur das eine will ich feststellen: dass man zwar mit einer Handtrommel und einer Flöte ganz liebliche Töne hervorbringen kann, wenn man hundertmal hintereinander dieselbe kurze Tonreihe spielt, dass aber natürlich nur ein ohrenbetäubender, sinnloser Lärm herauskommen kann, wenn nach Art der Weißen zwanzig Menschen und mehr gleichzeitig in verschiedenartige Instrumente hineinblasen.

Gar nicht erst reden will ich von dem schwarzen Musikkasten, den die Weißen in ihren Wohnungen aufstellen, und auf dessen Tasten sie mit den Händen hin und herfahren. Ich will nur, zum Besten der Weißen, meine Entdeckung mitteilen, dass es bedeutend angenehmer klingt, wenn man, statt mit den Fingern auf die Tasten zu schlagen, mit dem Popo darauf herumrutscht.

Mögen sich dies die weißen Musiklehrer merken!

Der Zug, der mit Musik um die Ecke bog, war sehr lustig. Zuerst kam eine Militärkapelle, dann ein von mehreren Männern getragenes großes Bild, das einen tückisch aussehenden Kopf darstellte. Darunter stand »*Lord Kitchener wants you!*« und noch einmal in drei indischen Sprachen die Übersetzung: »Lord Kitchener braucht dich!« Den Schluss des Zuges bildeten Soldaten und lachende Eingeborene.

Jim Boughsleigh salutierte, soweit es sein heiliger Zustand zuließ. Als er sich wieder setzte, hätte er mir beinahe den Sack mit Malatri, der Brillenschlange, in den Teich gestoßen.

»Wer ist das?«, frug ich, als der Zug vorbei war.

»Wer?«

»Der Lord Kitchener, der behauptet, dass er mich braucht?«

Jim schnalzte mit der Zunge. »Das ist – das ist der Kriegsgott der Engländer.«

»Ist das am Ende derselbe Lord Kitchener, der den Mahdi vernichtet hat und Chartum einnahm?«

»Unsinn! Das war ein ganz anderer – das war sein Urenkel! Dieser Lord Kitchener ist ein mächtiger Gott!«

Das schien mir nun wieder wenig glaublich, denn ich hatte auf dem Bild genau bemerkt, dass Gott Kitchener nur zwei Arme hatte, – und bei uns haben die einfachsten Götter ihre sechs bis acht Arme.

»Wozu braucht er mich denn?«, tastete ich vorsichtig.

»Um die verfluchten Deutschen zu vertilgen! Sei nicht dumm, Hindu, und komm' mit! So gut, wie du's bei den Soldaten hast, kannst du's nirgends haben: fast keine Arbeit, – die Vorgesetzten tragen dich auf Händen und lesen dir jeden Wunsch von den Augen ab, – und Geld kriegst du jede Woche einen Haufen!«

Jim Boughsleigh verdrehte die Augen wie ein Händler, der einem dummen Reisenden ein aus Europa frisch importiertes Tonfigürchen als echte altindische Götterstatue anpreist. Er redete so eindringlich auf mich ein, dass mich Ekel vor ihm ergriff.

Was hatte er nur? Dass mich die Europäer auf Händen tragen würden, das glaubte er wohl selbst nicht. Und dass sie mir viel Geld geben wollten, war verdächtig. Denn *viel* Geld geben die Engländer nur her, wenn sie etwas *Böses* wollen.

»Na?«, drängte Jim Boughsleigh ungeduldig. »Lieber Freund, wie ist's? Läuft dir das Wasser nicht im Munde zusammen? Fasse dein Glück beim Schopf! Ich rede mit dir wie ein Vater!«

Das konnte mich schwerlich verlocken, denn wenn mein Vater mit mir redete, so nahm er dazu meist einen Riemen in die Hand. Ich versuchte, mit einer neuen Frage auszuweichen: »Sind denn die Engländer nicht stark genug, um die Deutschen *allein* zu besiegen?«

»Natürlich sind sie stark genug, mein Herzchen! Es ist die reine Großmut von uns, wenn wir euch an dem Ruhm teilnehmen lassen wollen. Habe ich nicht auch meinen *Whisky* mit dir geteilt? – Pah, die Deutschen! Feige, kraftlose Hunde sind sie –«

»Aber du sagtest doch, sie seien mächtige Dämonen?«

Jim Boughsleigh wurde wild.

»Zum Teufel, höre mit deinen dummen Fragen auf! Es ist, wie ich dir sage! Und wenn du kein Narr bist, trittst du noch heute in die glorreiche Armee Seiner Majestät des Königs von England ein!«

»Um nach Deutschland geschickt zu werden?«

»Nein, nur nach Ägypten braucht ihr! Das ist ganz nahe von hier! Ein wunderschönes Land – oh, wie schön ist es dort – Mumien, Pyramiden, Sphinxe – na, trink noch mal!«

Ich hatte genug gehört. Ich nahm den Sack mit Malatri, der Brillenschlange, rückte außer Prügelweite und erklärte: »Jim Boughsleigh, die Armee des Königs von England ist die herrlichste der Welt! Ich sehe es an dir! Aber ich bin ein Narr, ich bin ein verblendeter Narr; ich stoße mein Glück von mir und trete nicht ein. Ich bin nicht würdig, einer so herrlichen Armee anzugehören! – Mögen die Götter dich schützen!«

Mit diesen Worten sprang ich eilends auf und rannte mit dem Sack davon, so schnell ich konnte und ohne mich umzusehen.

Jims Whiskyflasche flog mir dicht am Kopf vorbei und ich hörte ihn einige Wünsche ausstoßen, die durchaus nicht nach »lieber Freund« und »mein Herzchen« klangen.

Ich hatte geglaubt, dass ich mit dieser schroffen Beendigung der Unterredung endgültig der Gefahr entronnen sei, Jim Boughsleighs Waffenkamerad werden zu müssen und nach fernen Ländern zum Kampf gegen die deutschen Dämonen verschickt zu werden.

Ich wusste nicht, dass es mir vom Schicksal anders bestimmt war. Und seinem Schicksal kann keiner entgehen. Wohl vermagst du dich vor dem Arme der Menschen zu verbergen, aber es gibt kein Winkelchen auf Erden, wo du dich vor den Armen Schiwas verstecken könntest. Das bunte Treiben der Menschen gleicht dem Gewimmel eines Ameisenhaufens – aber Schiwa kennt jede einzelne Ameise beim Namen und lässt sie keine Sekunde aus den Augen. Du glaubst dein Leben nach deinem Willen und deinen Trieben einzurichten und bist im Strome des Geschehens doch nichts anderes als ein Metallfischlein, das von einem unsichtbaren Magnetstab gelenkt wird.

Als ich Jims Stimme nicht mehr hinter mir fluchen hörte, verlangsamte ich meinen Schritt. Mein Herz war schwer, und doppelt schwer dünkte mich daher auf meinem Rücken die Last des Sackes. Denn ein fröhliches Herz ersetzt dir tausend Sklaven, ein trüber Sinn aber legt dich in eiserne Fesseln.

Ich gedachte der guten Lehren, die mein Vater mir gegeben hatte, ehe ein Hanfstrick ihm die Taille zwischen Kinn und Schultern zu eng schnürte, und ich wünschte mir inbrünstig: Oh, gäbest du mir auch jetzt einen deiner Ratschläge!

Während ich diesen frommen Gedanken nachhing, fiel mein Blick auf einen Affen, der auf einer Palme kauerte und mich mit großen, klugen Augen so eindringlich ansah, dass mich wie eine Eingebung die Gewissheit durchzuckte: In diesem heiligen Tierleib wohnt deines Vaters Seele.

Tränen feuchteten meine Augen, ich warf mich zu Boden und flehte: »Gib mir ein Zeichen, ob du mein Vater bist!«

Mit angehaltenem Atem beobachtete ich, wie der heilige Affe eine Palmfrucht abriss, an ihr herumnagte und sie dann nach mir warf. Und da er genau meinen Kopf traf, so dass mir eine dicke Beule schwoll, zweifelte ich keinen Augenblick länger, dass ich in der Tat meinen ehrwürdigen Vater vor mir hatte.

Ich flehte also weiter: »Bei dem Brummen meines Kopfes, in dem sich ein Bienenschwarm niedergelassen zu haben scheint, bitte ich dich, oh Vater, mir zu bedeuten, ob mein heutiger Beutezug mit Malatri, der Brillenschlange, gesegnet sein wird?«

Dreimal wiederholte ich diese Beschwörung, aber leider schien mein ehrwürdiger Vater seit seiner Hinrichtung etwas schwerhörig geworden zu sein. Der Affe kümmerte sich nicht weiter um mich, er drehte mir den Rücken und begann sich zu lausen.

Mit Andacht folgte ich seinen Bewegungen, allein ich konnte ihnen keinerlei väterlichen Wink entnehmen, sei es, dass ich die Zeichensprache nicht verstand, sei es, dass die zunehmende Dämmerung meinen Blick trübte.

Denn es war inzwischen dunkel geworden, in den Häusern der Weißen flammten die Lichter auf und drunten im Hafen hatten die großen Dampfschiffe ihre Flammenaugen aufgeschlagen und blinzelten zum Lande herüber.

Ich liebe die Nacht. Es gibt nichts Schöneres als eine muntere Nacht, wenn man den Tag über gut ausgeschlafen hat. Und ich sage euch: Ein Kluger kann in einer einzigen Nacht mehr stehlen, als zehn Dumme in zwanzig Tagen ausgeben können.

So erhob ich mich denn, um das Haus zu suchen, in dessen Zimmern ich ein wenig aufzuräumen gedachte.

Zuvor aber eilte ich nochmals in meine eigene Lehmhütte, um mit roter Farbe das Zeichen Schiwas auf meiner Stirne zu erneuern.

Ach, der viele Whisky, den Jim Boughsleigh in meinen Magen genötigt hatte, trug die Schuld daran, dass dieses Zeichen zittrig und verklebt ausfiel. Und ich zweifle heute nicht mehr daran, dass mir Schiwa darob zürnte und nur aus dieser Ursache es fügte, dass der Abend ein so unseliges Ende nahm.

Mister Galgenstrick machte eine Pause der Wehmut in seiner Erzählung. Er zog, schmerzlich stöhnend, die indischen Landschaftsbilder, die ich ihm mitgebracht hatte, unter dem Kopfkissen hervor, betrachtete sie, fuhr liebkosend mit den Händen darüber hinweg.

Ich störte ihn nicht. Man darf diese seltsamen Menschen nicht in ihren Gedankenflügen unterbrechen, sonst werden sie argwöhnisch, und dann ist weder mit Güte noch mit Gewalt ein Wörtchen mehr aus ihnen herauszubringen.

Wer aber zu schweigen versteht, bis ihre Gedanken aus Nebelschleiern sich zu Gestalten der Sprache verdichtet haben, dem schenken sie ihr Vertrauen und teilen ihm ungefragt mit, was ihren Geist beschäftigt. Sie hüten ihre Gedanken wie ein Rosenbeet und hetzen den Hund auf jeden, der sich ihm lüstern naht; fühlen sie aber, dass du ihr Freund bist, so brechen sie selbst die schönste Rose, um sie dir zu schenken.

Endlich hatte Mister Galgenstrick sich wieder auf meine Anwesenheit besonnen, er versteckte die Bilder unter das Kopfkissen und sprach mit bitterer Erregung:

Oh könnte ich diesen Abend des Schreckens aus meinem Leben streichen! Dann läge ich jetzt nicht bei euch verachteten Weißen mit durchlöcherter Achsel, vergeblich schmachtend nach dem einzigen Mittel, das mir helfen könnte: nach heiligem Kuhmist!

Statt leblose Bilder meiner Heimat zu betrachten, oh Herr, weilte ich in der Sonne Indiens, wäre vielleicht ein reicher Mann, hätte vier Frauen, die für mich arbeiten müssten, und könnte, Betel kauend, einem glückseligen Alter entgegenreifen.

Aber ich will nicht murren, ich bin kein Europäer, der seine Torheiten verdoppelt, indem er sie bereut – das Schicksal wollte es so, wie es geschah. Und nur eine einzige Sorge hält in dieser Stunde mein Herz mit Polypenarmen umklammert: dass, wenn ihr mich zu Tode geheilt haben werdet und ich gestorben bin, meine Seele in eurem rauen Lande keinen heiligen Tierleib finden wird, in dem sie wohne. Denn ihr behandelt die Tiere schlecht, ihr schlagt und quält sie, und – so unfassbar es einem Inderohr klingen würde – ich möchte bei euch noch lieber ein *Weib* sein als ein *Tier*!

Aber auch dies will ich dem Schicksal überlassen, das mit verbundenen Augen und verstopften Ohren spöttisch lächelnd waltet.

Den Sack mit Malatri, der Brillenschlange, auf dem Rücken tragend pilgerte ich aus dem Eingeborenenviertel der Stadt nach den Häusern der Weißen.

Ich hörte Malatri rascheln, als freue sie sich, mir wieder einmal ihre Treue beweisen zu können.

Der Dämon, der aus der Whiskyflasche in meinen Kopf gekrochen war, schien besserer Laune zu werden: Während er bisher in meinem Gehirn grollend rumort hatte, begann er jetzt lustig mit den Beinen zu strampeln, so dass mir mit einem Male gar fröhlich zumute ward. Es kam hinzu, dass die Bäume und Häuser gar possierliche Knickse machten, und ein großes Gebäude nahm sogar grüßend sein Dach wie einen Hut vor mir ab, schwenkte es in der Luft und setzte es wieder auf.

Diese Heiterkeit erlitt nur für einen kurzen Augenblick eine Unterbrechung, als ich am Gefängnis vorbeikam. Da sah ich hinter einem vergitterten Fenster einen der Deutschen stehen, die ich drei Tage zuvor unter Jim Boughsleighs Bewachung geschaut hatte: Er presste seinen Körper ganz eng an das Gitter, richtete seine traurigen Augen gegen die Sterne, und sein Mund sang leise ein Lied, das ich seitdem oft habe von den Deutschen singen hören. Ich halte es für ein religiöses Lied, denn sie scheinen besondere Kräfte aus ihm zu schöpfen, und wenn sie es singen, tritt ein leuchtender Glanz in ihre Augen. Ich kann das Lied nicht wiederholen, denn die deutsche Sprache ist gar schwer für einen Hindu, aber die Anfangsworte sind mir im Gehirn haften geblieben, sie lauten: »Deutschland, Deutschland über alles!«

Ich stand unter dem vergitterten Fenster, lauschte und ich wunderte mich, dass ein Mensch so viel Schmerz in ein Lied legen konnte, besonders, wenn er in einen Frosch verwandelt ist.

Denn nachts verwandeln sich ja, wie ich damals glaubte, die Deutschen in Frösche.

Aber ich durfte mich nicht lange mit Zuhören aufhalten, ich bin gewohnt, *vor* Mitternacht einzubrechen, und man soll seinen guten Gewohnheiten nicht untreu werden; ich schritt also weiter und rasch stellte sich meine Lustigkeit wieder ein.

An einer Straßenecke standen zwei Wächter. Als ich genauer hinsah, war es nur einer. Er hielt mich fest und herrschte mich an: »Was hast du in dem Sack, Hindu?«

»Eine giftige Schlange, Herr!«, erwiderte ich. »Wenn du es nicht glaubst, so greife hinein!«

Dazu aber hatte er keine Lust. Er drehte sich missmutig um, und ich hörte, wie er knurrte: »Das Schwein hat einen Schwips!«

Ich bog in einen Seitenweg ein, denn wenn ich einbreche, lege ich keinen Wert auf die Begleitung eines Wächters. Entweder sie nehmen einen fest oder, was noch schlimmer ist, sie verlangen die Hälfte der Beute. Wobei sie so brüderlich teilen, dass sie am Ende sieben Achtel der Beute haben.

Ich musterte die Häuser und spähte, ob nirgends ein Fenster offen stünde?

Die Weißen haben es nicht gerne, dass man durch das Fenster bei ihnen einsteigt. Das ist eines der Vorurteile, von denen sie sich nicht befreien können. Ich habe viele Menschen, die vom Reichtum zur Armut herabsanken, gefragt, und alle haben mir bestätigt, dass sie nicht durch Leute zugrunde gerichtet wurden, die durchs *Fenster* kamen, sondern durch Leute, die sehr freundlich durch die Türe eintraten und die nie vergaßen, bei ihren Besuchen ihre Visitenkarte abzugeben.

Ich halte auch den Besuch eines Hindus, der eine Brillenschlange im Sack bei sich hat, für weit ungefährlicher als den Besuch eines Weißen, der die Giftschlange in der Brust trägt.

Leider stand nirgends ein Fenster offen.

Das hätte mich von meinem Vorhaben abhalten sollen, allein ich war zu gut gelaunt, um unverrichteter Dinge nach Hause zurückzukehren. Das Schicksal hatte eben mein Verderben beschlossen.

Ein Haus, dessen unterstes Stockwerk im Dunkel lag, während im oberen Stockwerk noch ein Licht brannte, schien mir einer näheren Bekanntschaft würdig. Ich erinnerte mich, dass ich aus diesem Hause des Öfteren hatte eine Lady kommen sehen, eine Witwe, die reich mit Schmuck beladen war.

Wozu braucht eine Witwe Schmuck?

Bei uns Hindus war es Sitte, dass sich die Witwen auf dem Scheiterhaufen des toten Gatten verbrennen ließen – bei den Weißen scheint es Sitte zu sein, dass die Witwen nach dem Tode ihres Gebieters erst richtig zu leben beginnen. Kein Hindu wird sich einer Witwe nähern, die Weißen aber umgirren mit Vorliebe die Witwen – besonders die Witwen, deren Mann noch lebt. Überhaupt ist es mir unverständlich, nach welchen Grundsätzen eigentlich die Weißen ihre Frauen behandeln. Der Hindu prügelt das Weib, das nichts arbeitet, – der Weiße behängt es zum Lohn mit Schmuck. Ja, ich habe die Beobachtung gemacht, dass just diejenigen Frauen am üppigsten mit Schmuck behängt sind, die die meisten Prügel verdienen.

Ich schlich ein paarmal um das Haus der Witwe, wobei ich das Heulen eines wilden Hundes so natürlich nachahmte, dass Malatri zu fauchen begann.

Als sich im Hause nichts regte, kletterte ich zu einem Fenster des dunklen ersten Stockwerks empor und drückte die Scheibe ein. Das Klirren des Glases übertönte ich wieder durch Hundegebell.

Der Dämon in meinem Kopf schien kein Freund von Kletterübungen zu sein, denn er wurde wieder ungemütlich. Aber ich hatte jetzt Besseres zu tun, als mich mit ihm auseinanderzusetzen.

Ich war in einen finsteren Raum eingestiegen. Vorsichtig lauschend kroch ich auf dem Boden vorwärts, wobei ich den Sack mit Malatri vor mir herschob. Zwischen meine Zähne hatte ich ein langes Messer geklemmt.

Nichts rührte sich.

Ich gelangte auf eine finstere Treppe, huschte langsam, ganz langsam empor und geriet auf einen Gang, auf dem ein Schrank stand. Durch einen Türspalt drang ein Lichtschimmer: Hier war also das Schlafzimmer der Lady.

Ich hatte erwartet, vor der Schlafzimmertüre, wie es Sitte ist, als Wache einen schlafenden Hindu zu finden – er fehlte. Wahrscheinlich stahl er gerade irgendwo in der Nachbarschaft.

Nun galt es zu handeln. Ich kniete am Boden nieder und begann unten an der Türe ein Loch mit dem Messer zu schaben, breit genug, um Malatri, die Brillenschlange, hindurchschlüpfen zu lassen. Ich glaube nicht, dass irgendwer diese Arbeit so sicher und geräuschlos zu vollbringen imstande ist, denn schwerlich wird jemand eine so gute Schule genossen haben, wie ich sie bei meinem ehrwürdigen Vater genoss.

Von Zeit zu Zeit hielt ich in meiner Arbeit inne und lauschte – niemand beobachtete mich.

Oh welch ein Irrtum! Und *doch* beobachtete mich einer, und das war der Whiskydämon in meinem Kopfe, der beschlossen hatte, mir einen niederträchtigen Streich zu spielen.

Und das kam so:

Ich hatte das Loch in die Türe geschabt, ich hatte Malatri aus dem Sack gelassen und beobachtete, wie das kluge Tier in das Zimmer der Lady schlüpfte. Nun wollte ich mich in dem Schrank auf dem Gang verbergen, um darin den Schreckensschrei der Witwe und den allgemeinen Tumult in Ruhe abzuwarten. Ich öffnete also leise die Schranktüre, – in dieser Sekunde aber ließ mich der Whiskydämon schwindlig werden, ich stolperte und fiel mit schrecklichem Gepolter in den Schrank hinein, aus dem ein Hagel von Glasgeschirr auf mich niederging.

Hätte sich die Erde geöffnet, ich hätte nicht heftiger erschrecken können.

Unwillkürlich stieß ich einen wilden Schrei aus, denn ich war zu allem Unglück in einen Glasscherben getreten, und rannte die Treppe hinunter, um zu flüchten. Ein Höllenlärm entstand. Türen öffneten sich, Männer und Mädchen, Farbige und Weiße, stürzten brüllend heraus, ein Schuss krachte, dazwischen kreischte die Stimme der Lady – ich glaubte mein Ende nahe.

Instinktiv erwischte ich die Türe zu dem dunklen Zimmer des ersten Stockwerks – ich sprang, trotz meines blutenden Fußes, über einen Tisch – und zum offenen Fenster hinaus.

Draußen aber stand der Wächter, der mich auf dem Hinweg nach dem Inhalt meines Sackes gefragt hatte, mit drei Genossen, und sie schienen mich erwartet zu haben.

Ich rannte ihn über den Haufen und lief – lief, so schnell mich die Beine trugen – keuchend, besinnungslos – auf ein Licht zu, das ich ferne leuchten sah.

Und – ich weiß selbst nicht, wie es geschah – plötzlich stand ich vor einem jener Läden, die außen mit bunten Soldatenbildern beklebt waren und in denen selbst zu so später Stunde noch Licht brannte – ich ergriff atemlos die Türklinke – und stand drinnen.

Verwundert blickte ich mich um.

In einer Ecke hockten vier Soldaten, qualmten aus kurzen Pfeifen und spielten fluchend Karten. Hinter einem breiten Tisch aber saß ein Colonel, der bei meinem hastigen Eintritt behaglich schmunzelte und mir die Hand hinstreckte. In meiner Verwirrung legte ich *meine* Hand hinein, die er fest drückte.

Dann griff er in die Tischschublade, nahm ein paar Silberstücke heraus und hielt sie mir hin.

Ist heute die ganze Welt betrunken, dachte ich verdutzt, denn ich wusste nicht, was dies bedeuten sollte.

»Was soll ich mit dem Gelde, Herr?«

»Behalten sollst du's, mein Junge!«, sagte der Colonel. »Steck's nur ein!«

Misstrauisch tat ich, wie er mich geheißen hatte. Ich sah von einem zum andern – sie grinsten vergnügt.

Mir kam der Laden unheimlich vor, und da ich mir sagte, dass meine Verfolger wohl inzwischen meine Spur verloren haben mochten, wandte ich mich zum Gehen.

Da aber fasste mich der Colonel jäh an der Schulter, ließ eine Reitpeitsche, die gleichfalls in der Tischschublade gelegen hatte, dicht vor meiner Nase vorbeipfeifen und schrie in gänzlich verändertem Ton: »Dageblieben! Nicht von der Stelle!«

Ich sah mich abermals verwundert um – die andern grinsten noch vergnüglicher als zuvor.

»Lasst mich gehen!«, bat ich. »Was wollt ihr von mir?«

»Du bist witzig, mein Söhnchen!«, höhnte der Colonel. Und zu den Soldaten gewendet, sprach er weiter: »Ihr habt es gesehen!«

Mich packte Furcht und Entsetzen. Wollten sie mich einer Freveltat beschuldigen? Wussten sie schon von meinem Einbruch?

»*Was* habt ihr gesehen?«, stieß ich hervor.

Da richtete sich der Colonel feierlich auf, nahm den Khakihelm ab und sagte langsam: »Wie du dich soeben durch Handschlag und Annahme des Werbegeldes freiwillig der Armee unseres mächtigen Königs verpflichtet hast!«

»Das ist eine Lüge!«, tobte ich. »Das ist –«

Ehe ich den Satz aussprechen konnte, brannte mir schon ein Schlag der Reitpeitsche im Gesicht. Die Soldaten packten meine Arme – ich konnte mich nicht rühren.

Der Whiskydämon hatte meinen Kopf verlassen, ich war plötzlich pudelnüchtern.

Dicht vor meinem Antlitz funkelten die falschen Augen des Colonels, und ich hörte seine Stimme zischen: »Wirst schon mürbe werden, mein Jungchen!«

Die Soldaten banden mir die Hände und setzten mich auf einen Stuhl.

»Aber ich schwöre euch, dass ich nicht Soldat werden wollte ...«, wimmerte ich.

»Das hättest du dir früher überlegen sollen!«

»Ich versichere euch, dass –«

»Maul halten!! Der Soldat hat nur zu sprechen, wenn ihn seine Vorgesetzten fragen! – Wie heißt du?«

Der kreischende Ton schüchterte mich ein, tonlos erwiderte ich: »Ich heiße Maharabatigolamatana – mein Vater rief mich ›Galgenstrick‹!«

Die fünf wieherten vor Lachen.

»Ruhe!!«, brüllte der Colonel, worauf die anderen mäuschenstill wurden. »Also Galgenstrick! – Schöner Name! Bist nicht der einzige Galgenstrick in unserer Armee!«

Er ging, die Hände in den Taschen, rauchend im Zimmer auf und ab. »Den hätten wir!«, sagte er.

Ich machte einen letzten, verzweifelten Versuch. »Aber so lasst euch doch erklären, Herr –«

»Noch ein Wort, und ich lasse dich prügeln, dass kein Fetzen Haut an dir heil bleibt!«

Ich senkte den Kopf. Alles Gefühl hatte meinen Körper verlassen, ich spürte mich selbst nicht mehr. Eine stumpfe Gleichgültigkeit war über mich gekommen, – mochten sie mit mir machen, was sie wollten.

Nur unklar dachte ich an Malatri, die Brillenschlange, die in meine Lehmhütte zurückkehren würde, wie sie es gewöhnt war, und mich nicht mehr finden würde ... heute nicht ... morgen nicht ... nie wieder ...

Und wenn ich nicht meinen schändlichen Überlistern einen solchen Triumph missgönnt hätte, so hätte ich jämmerlich geweint.

»Führt ihn ab!«, befahl der Colonel und deutete lässig mit der Reitpeitsche auf mich.

Und während sie mich derb vorwärts stießen, öffnete sich die Ladentüre und herein taumelte – Jim Boughsleigh.

Ein Freudenschrei entfuhr mir. Schiwa hat mir den Retter gesandt.

»Jim!«, jauchzte ich, und neue Hoffnung wärmte mein Herz. »Jim, edler Freund, sage du es ihnen, dass ich nie und nimmer Soldat werden wollte!«

Und nun geschah das Unfassbare, nun sollte ich erfahren, dass ich die Schlechtigkeit der Weißen noch weit unterschätzt hatte, und dass der Biss der giftigsten Schlange Balsam ist, verglichen mit dem falschen Kuss eines Weißen.

Denn Jim erhob seinen Fuß, trat nach mir Wehrlosem, spuckte aus und grölte:

»Was sagt das braune Schwein? – Glaubt mir, Colonel: Auf *meine* Veranlassung hat er sich anwerben lassen – *mein* Verdienst ist es!«

Da sah ich, dass das Schicksal beschlossen hatte, mich von der Heimat zu trennen. Ich gab jede Hoffnung auf. Meine Glieder zitterten – ich verlor die Kraft, mich aufrechtzuhalten – ich gab mir die größte Mühe, Herr meiner selbst zu werden – umsonst, ich fiel zu Boden, schlug mit den zusammengeschnürten Händen um mich. Schaum trat vor meinen Mund.

Wie durch einen Nebel schaute ich, wie sich Jim Boughsleigh die Silberstücke auszahlen ließ, die als Belohnung für die Anwerbung eines Farbigen ausgesetzt sind – dann schüttelten mich Krämpfe, mein Kopf stieß wider eine harte Spitze, und – und –

»Schwester! Schwester!«, schrie ich erschrocken und klingelte wie besessen.

Der Kranke war mitten im Satz bewusstlos in die Kissen zurückgesunken. Das Klingelzeichen aber erweckte ihn, er versuchte unter wildem, mir unverständlichem Kreischen aus dem Bett zu springen.

Unter Aufbietung aller meiner Kräfte gelang es mir, den Rasenden, der geifernd nach meinen Händen biss, ins Bett zurückzupressen, bis die Schwester mit einem Wärter kam.

Die Schwester warf mir einen vorwurfsvollen Blick zu, sagte aber nichts, sondern wandte sich sogleich dem Kranken zu, dessen Geschrei langsam in ein erschöpftes Wimmern überging.

Ich stopfte meine Notizen in die Rocktaschen und eilte, den Arzt vom Tagesdienst zu holen.

»Soso«, meinte dieser, »der Inder auf Nummer achtundneunzig! Ein böser Fall! Der wird wohl das Ende des Krieges kaum erleben! – Scheußliche Sache, der Krieg!«

Während der Arzt sich erhob, um nach dem Kranken zu sehen, telefonierte ich ein Auto herbei.

Merkwürdige Gedanken schossen mir durch den Kopf, als ich diesmal die Reinschrift ausführte. Und öfter als einmal blieb, wenn ich aufsah, mein Blick auf dem Plakat haften, das meine Frau kürzlich einem Hausierer abgekauft und über meinen Schreibtisch genagelt hat, und das in dicken Buchstaben verkündet: »Gott strafe England!«

Und ich dachte mir: Das unverständliche Gekreisch, das Mister Galgenstrick in seinem Fieberanfall ausgestoßen hatte, wird wohl nichts anderes gewesen sein als eine etwas ausführlichere indische Umschreibung dieses zum geflügelten Worte gewordenen Satzes.

Bis tief in den Morgen hinein arbeitete ich. Ich brauchte wenig an »Galgenstricks« Worten zu ändern, denn er erzählte mit einer überzeugenden, naiven Anschaulichkeit.

Nur in zwei Punkten bekenne ich mich schuldig, Korrekturen vorgenommen zu haben: Ich habe manche sprachliche Bilder, die nur einem Inder verständlich sein können, durch annähernd entsprechende Bilder aus der deutschen Gefühlswelt ersetzt, und – ich habe einige allzu drastische Äußerungen »Galgenstricks« über uns Weiße schonend gemildert.

Denn ich halte es nicht für den *ausschließlichen* Daseinszweck des Lesers, sich zu ärgern.

Ehe ich am nächsten Tage den Kranken aufsuchte, ging ich zu Dr. Heßberg, um mich nach des Patienten Befinden zu erkundigen.

Dr. Heßberg war sehr böse und überschüttete mich mit Vorwürfen. »Wenn man nur euch verflixten Laien nicht mehr in Lazarette hineinließe!! Da schwänzeln gewisse Herrschaften in den Krankensälen herum, die nicht das Geringste dort zu suchen haben, regen uns mit ihren Gaben und ihrem Geschwätz nur unnütz die Patienten auf – zum Donnerwetter, ein Kranker ist ein Kranker und keine Sehenswürdigkeit!«

Zerknirscht ließ ich die Strafpredigt über mich ergehen.

»Und worin besteht mein Verbrechen?«, frug ich, als Dr. Heßberg beim Amen angekommen war. »Ich habe überhaupt kein Wort mit ihm geredet, habe mir ruhig erzählen lassen, ohne ihn zu unterbrechen!«

»Das fehlte auch gerade noch, dass du einen Kranken durch Widerspruch reizen würdest! Es war schon eine Mordsdummheit, jawohl, eine *Mordsdummheit*, dass du ihm die indischen Bilder brachtest! Man kann sich dem Bett nicht mehr nähern, ohne dass der Kerl aus Angst um seine Bilder rabiat wird! Das nennt ihr Laien nachher, dem Kranken ›eine Wohltat erweisen‹! Ich werde noch den Antrag stellen müssen, jedem Lazarettbesucher beim Eintritt die Taschen mit Röntgenstrahlen zu durchleuchten!«

Obwohl Dr. Heßbergs Reden durchaus nicht schmeichelhaft für mich waren, freute ich mich über sie. Sah ich doch daraus, wie besorgt er um das Wohl eines jeden einzelnen Patienten war, und ich sagte mir: Oh möchten doch die Ärzte im Lager unserer Feinde den in Gefangenschaft geratenen, verwundeten Feldgrauen ebenso viel sorgende Liebe widmen wie ein deutscher Arzt einem kranken Wilden.

»Also ich verspreche dir, dem Kranken nicht mehr die geringste Kleinigkeit mitzubringen!«

»Dazu würdest du auch gar keine Gelegenheit haben! Denn es kann selbstverständlich keine Rede davon sein, dass du ihn wieder besuchst!«

»Aber erlaube, das ist denn doch –«

»Bitte, ich bin der Arzt – da gibt es keine Widerrede!«

Wir trennten uns verbittert.

Das war ja eine nette Eröffnung, die mir Dr. Heßberg gemacht hatte. Also ich sollte die Fortsetzung von Mister Galgenstricks Erlebnissen nicht mehr erfahren. Das schmerzte mich tief. Nicht etwa weil bei mir plumpe Neugier nach Stillung gierte, sondern ich hatte ein warmes, rein menschliches Interesse an dem armen Teufel gewonnen, und mir war nun zumute, als sollte ich einen freudig gewonnenen Schützling für immer aus den Augen verlieren.

Ich schloss die Blätter, auf denen ich seine Erlebnisse aufgezeichnet hatte, in das unterste Fach meines Schreibtisches – in das Fach, in dem meine unvollendeten, endgültig aufgegebenen Arbeiten ruhen, die ich scherzhaft meinen »Nachlass zehnter Band« zu nennen pflege.

Acht Tage später – ich hatte mich halbwegs beruhigt – klingelte mich Dr. Heßberg telefonisch an.

»Hallo??«

»Jawohl! Schrei nicht so! Hier Heßberg.«

»Wie geht's Mister Galgenstrick?«

»Besser! Du – er will dich sprechen!«

»Aha! Siehst du, ich bin *doch* nicht so schlecht, wie du mich hingestellt hast!«

»Eingebildet, wie alle Schriftsteller! Wenn du mir ihn aber wieder aufregst –«

»Weiß schon!«

»Spaß beiseite, ich bitte dich in allem Ernst –«

»Sehr richtig!«

»Ich lege den allergrößten Wert darauf, dass –«

»Und wie geht's deiner Frau?«

»Scheusal! Also sei vernünftig, und –«

»Auf Wiedersehen!«

»Adieu, – verzeihe, das Wort darf man ja nicht mehr gebrauchen: Leb wohl!«

Dieses Telefongespräch fand um drei Uhr mittags statt, – um halb vier war ich bei Mister Galgenstrick.

Ich fand ihn ruhiger, als ich gehofft hatte. Er begrüßte mich lächelnd und schien sich zu freuen. Er »*schien*«, – denn bei diesem Menschen, der sein Mienenspiel eisern in der Gewalt hielt, musste man sich aufs *Erraten* seiner stummen Empfindungen beschränken.

»Wie fühlst du dich, Galgenstrick?«

»Der Doktor ist gut«, antwortete er ausweichend. »Aber heiliger Kuhmist wäre besser!«

»Du hast nach mir verlangt?«
»Ja, ich will dir weiter erzählen.«
»Strengt es dich auch nicht zu sehr an?«
»Darauf kommt's nicht mehr an. Das Schicksal tut, was es will.«
Er ließ sich von mir das Kopfkissen tiefer in den Rücken schieben, so dass er halb aufgerichtet lag, und erzählte:

Ich hatte unklar gesehen, wie Jim Boughsleigh sein Sündengeld einschob. Möge er an dem Whisky, den er sich dafür kaufte, erstickt sein! Mögen ihn die wilden Hunde gefressen haben!

Dein Gesicht, Herr, sagt mir, dass dir meine Verwünschungen missfallen. Ich weiß, ihr Weißen sagt, man soll seinen Feinden verzeihen, und ich will gerne glauben, dass ihr eure Kanonen nur zu diesem Zwecke baut. Auch wir Hindus verzeihen unseren Feinden, nur schlagen wir sie gerne vorher tot.

Ich könnte dir nun mit Leichtigkeit vorlügen, dass es mir die erste Zeit in der Kaserne sehr schlimm ergangen sei. Aber ich will niemanden schlechter machen, als er ist. Bei den Engländern habe ich das auch gar nicht nötig.

Nein, es erging mir besser, als ich es erwartet hatte. Man brachte mich mit vielen anderen Hindus in einem großen Hause unter, das einen weiten kahlen Hof einschloss. Des Nachts stand uns ein Zimmer zur Verfügung, in dem ehemals zehn weiße Soldaten gewohnt hatten, und da wir nur zu achtzig darin zu schlafen brauchten, fühlten wir uns ganz wohl, und wenn wir unsere Beine bis an die Schultern hochzogen und den Kopf dazwischen steckten, hatten wir bequem Platz.

Es gefiel mir auch, dass man in diesem Hause nicht, wie es sonst Sitte bei den Weißen ist, die schuldlosen Tiere tötete, sondern die Wanzen und Ratten durften sich nach Herzenslust vermehren.

Anfangs hatte man uns Strohsäcke zum Schlafen gegeben, aber der Hindu schläft nur, in eine Decke gewickelt, auf dem Fußboden. Es ist dies auch praktischer, denn die Strohsäcke muss man von Zeit zu Zeit reinigen, den Fußboden aber nie.

Meine Befürchtung, dass ich mit Mohammedanern oder Weißen in einem Raum weilen müsse, erwies sich als unbegründet. Schmerzlich allerdings war es mir, einem Angehörigen der Kriegerkaste, mit Hindus *niedriger* Kasten gemeinsam hausen zu müssen, und es dauerte eine

Weile, bis ich imstande war, diese Schmach als eine Fügung des Schicksals geduldig zu ertragen.

Das Essen war reichlich und wir durften uns die Tiere von den Brahmanen, die unter uns waren, schlachten lassen, wie überhaupt die Engländer sich so wenig um *unsere* Religion kümmerten wie um *ihre eigene*.

Nun, ich will es dahingestellt sein lassen: Gaben sie uns so viel zu essen, um unsere Freundschaft zu gewinnen, oder gaben sie es uns in derselben Absicht, in der sie ihre Gänse mästen? Sonst war das Leben nicht ganz so schön, wie es mir Jim Boughsleigh in Aussicht gestellt hatte. Am frühen Morgen trieb man uns in den Hof, stellte uns in Reihen, und dann mussten wir alles machen, was uns der Offizier befahl. Sonst gab es Prügel.

Der Offizier sagte oft, dass er es gut mit uns meine, und hatte dabei die Hand am Revolvergriff.

Manchmal drohte ich vor Erschöpfung umzusinken, dann bekam ich einige Peitschenhiebe und war wieder munter. Ich fügte mich in mein Los, und wenn der Offizier mich anschrie, so dachte ich mir »Rutsche mir den Buckel entlang, oh Herr«, und auf diese Weise kamen wir ganz gut miteinander aus.

Also lernte ich die Kriegskunst. Manches freilich verstanden wir Hindus weit besser als unsere Lehrmeister, zum Beispiel, wie man lautlos auf dem Boden schleicht. Ich lachte innerlich, wenn ich unseren Vorgesetzten dies vormachen sah, und sagte mir: »Die englischen Soldaten gäben schlechte Einbrecher. Nun, vielleicht ist in England die Kaste der Diebe für die höheren Diplomaten reserviert.«

Aber ich lernte vielerlei Neues. Um nur eines zu erwähnen: Ich wusste noch nicht, dass man den Patronen, ehe man sie in die Gewehrläufe schiebt, die Spitze abbrechen muss. Ich wunderte mich darüber und fragte den Offizier, warum dies geschähe, und er klärte mich auf: »Das steht so im Völkerrecht!«

Überhaupt klärte uns der Offizier gründlich auf – mit Vorliebe darüber, was die Deutschen für böse Dämonen sind und dass sie ohne jeden Grund den Krieg angefangen haben und dass sie schon seit vielen Jahren daran arbeiten, das harmlose England einzukreisen.

Und dass deshalb alle Kulturvölker auf Englands Seite getreten seien, zum Beispiel die Serben und die Zuaven, und auch alle freiheitsliebenden Herrscher, zum Beispiel der Zar.

Und indem er sich an die mohammedanischen Regimenter wandte, fuhr der Offizier fort: »Deshalb hat auch der Sultan den Heiligen Krieg gegen die Deutschen erklärt!«

Von dem vielen Geld, das man mir als Lohn versprochen hatte, bekam ich nichts zu sehen und ich hätte mir kaum das zum Leben notwendige Opium für meine Pfeife kaufen können, wenn ich mir nicht manchmal kommandiert hätte: »Hände in fremde Taschen – marsch, marsch!«

Auch der Hindu braucht in seinen freien Stunden eine Zerstreuung, sonst sinkt er auf die Stufe eines Weißen herab. Die Araber haben, wie man mir erzählt hat, ihre *Märchenerzähler*, die Engländer haben ihre *Zeitungen*. Sie zwangen auch uns, sie zu lesen, und wir erfuhren daraus, wie die Deutschen überall besiegt werden, und wie besonders die *Russen* zwei furchtbare Waffen haben: die Masurischen Seen und den strategischen Rückzug.

Und dass in Deutschland furchtbare Hungersnot herrscht. Dies konnte ich nicht begreifen. Denn da sich die Deutschen doch nachts in Frösche verwandeln, brauchen sie bloß Fliegen zu fressen, um sich zu sättigen.

Ich befragte den Offizier über diesen Punkt, und bereitwillig klärte er mich wieder auf: Die deutschen Fliegen ziehen im Herbst nach Afrika und kehren erst im Frühjahr zurück.

Nun war mir die Sache klar.

Ich erinnere mich auch, dass der Offizier eines Mittags eine Ansprache hielt, die folgendermaßen lautete: »Es ist mir zu Ohren gekommen, dass einige von euch die Spitzen ihrer Messer und Dolche vergiften. Ich mache euch darauf aufmerksam, dass dies bei strengster Strafe verboten ist. Auch taugt euer Gift nichts. Wirksames Gift bekommt ihr in dem Zimmer neunzehn der Kaserne. Es kostet euch nichts und es gibt, so viel ihr wollt. Also merkt euch das Verbot!«

Wir merkten es uns und gingen nach dem Zimmer neunzehn. –

Die Sorge aber, die mich am schwersten in dieser Zeit bedrückte und mit dem Gewicht einer Kanone auf mir lastete, war diese: Der Hindu, der über das Meer fährt und aus seiner Heimat auswandert, verliert seine Kaste. Und dieser Verlust ist schlimmer als der Verlust des Lebens.

Denn wenn du stirbst, so verlässt du nur den Leib, der nicht viel wert ist und nur dazu dient, dir Schmerzen zu bereiten und dich in Versuchung zu führen. Deine Seele aber zieht in einen neuen Leib ein, und nach dessen Verfall abermals in einen neuen.

Es ist mit der Seele wie mit euch Weißen, wenn ihr eine Wohnung kündigt. Nur lassen wir unseren alten Leib gerne in einer besseren Verfassung zurück als ihr eure alten Wohnungen. Unsere Seele »zieht um« – und auch so ein *Seelenumzug* ist mit mancherlei Unannehmlichkeiten verknüpft, zum Beispiel dem Todeskampf.

Die Seele kann nicht verloren gehen, wohl aber die Kaste. Und wenn du sie nach der Rückkehr in die Heimat wiedergewinnen willst, so musst du dich schweren Gebräuchen unterziehen, den Göttern große Opfer darbringen – und noch größere den Priestern. Aber das versteht ihr Weißen nicht.

Doch auch diese Sorge nahm uns unser Offizier vom Rücken, der uns beinahe so viel vom Rücken *nahm*, wie er uns darauf *gab*.

Denn er versicherte uns: »Ihr braucht ja gar nicht über das Meer zu fahren! Die Deutschen sind schon so gut wie vernichtet, und ihr werdet deshalb nur zum Schutze des inneren Indiens verwendet.«

Diese Auskunft erfreute uns doppelt, weil ein seltsames Gerücht in Bombay die Runde machte. Einer erzählte es dem andern, und als die englische Regierung es gar dementierte, wusste jeder, dass es wahr sei.

Es hieß nämlich, draußen auf dem Meere huschten Schiffe der deutschen Dämonen, kleine Kreuzer, und sie führten spitze, eiserne Fische mit sich an Bord, die sie unter Blitz und Donner gegen die feindlichen Schiffe anschwimmen ließen. Die Fische aber fräßen sich mit der Schnelligkeit eines Wetterleuchtens durch die dicksten Schiffswände hindurch und platzten von diesem Fraße. Und rissen bei diesem Platzen alles mit sich in die Luft.

Die Ahnung eines solchen Schicksals aber muss einen jeden frommen Hindu mit Grauen erfüllen, denn wie kannst du einen Leichnam verbrennen, der auf dem Meeresgrund liegt?

Wir dankten deshalb den Göttern, als wir erfuhren, dass wir nicht über das Meer zu fahren brauchten.

Während der ersten Wochen unserer Übungen in der europäischen Kriegskunst durften wir die Kaserne nicht verlassen. Vielleicht fürchteten die Engländer, dass wir ebenso freiwillig, wie wir in ihr Heer eingetreten waren, auf unseren Spaziergängen wieder aus dem Heer austreten würden. Als sie aber glauben mochten, unseres Gehorsams sicher zu sein, ließen sie uns für die Dauer etlicher Abendstunden in die Stadt hinab.

Zuvor aber ließen sie uns auf die Treue gegen ihren König vereidigen. Wir mussten uns auf dem Hofe aufstellen, ein Brahmane sprach in unseren Dialekten die Eidesformel vor, die wir unter unseren Zeremonien bekräftigten. Und ich glaube, wenn die Engländer die Eidesformel verstanden hätten, die uns der Brahmane vorsagte, hätten sie ihn am höchsten Galgen aufgeknüpft.

Wir aber befolgten die goldene Regel, feierlich ernst zu bleiben, wenn uns das Lachen kitzelt, und so ging die Vereidigung ohne Zwischenfall vorüber.

Die Engländer waren sogar sehr zufrieden mit unserer Eidesleistung. Wenigstens hörte ich beim Wegtreten, wie ein Colonel zum andern sagte: »Der Eid war das reinste russische Ehrenwort!«

Nach uns wurden die mohammedanischen Truppen vereidigt, aber ich ersparte mir den Anblick, denn in meinen Augen gelten die Bekenner Mohammeds als ebenso unreine Rasse wie die Weißen.

Zunächst verschmähte ich es, von der Erlaubnis des Ausgangs Gebrauch zu machen. Ich war des Abends müde, auch fühlte ich keine Sehnsucht, Menschen vom Schlage Jim Boughsleighs zu begegnen. Ich brachte meine freie Zeit mit Beten und Nachdenken zu.

Ihr Europäer mögt uns in mancher Fertigkeit überlegen sein – in der Kunst, einsam zu sein, seid ihr nur Stümper, wir die Meister. Ein Mensch, der nicht spricht, ist euch unheimlich, und wo ihr nur könnt, sucht ihr die Gesellschaft von Menschen auf, die schwatzen und lärmen. Dies kommt daher, weil ihr euch nicht nur vor euren *Mitmenschen* fürchtet, sondern noch weit zitternder vor euch selbst! Und ihr habt alle Ursache dazu. Denn wie es giftige Tiere gibt, die am Tage sich in ihre Nester und Höhlen verkriechen und nur des Nachts zu ihrem listigen Treiben erwachen, so schlafen auch eure bösen Triebe in dem Tageslicht des Beobachtetwerdens, – in der Einsamkeit aber erwachen sie und fallen euch selbst an.

Ihr bestaunt den Fakir, der, um seine Seele zu vervollkommnen, auf einem Bett von aufrechtstehenden spitzen Nägeln ruht, – ihr selbst aber zerfleischt euch tagein, tagaus mit Reden, die spitziger und rostiger sind als die Nägel des Fakirbettes. Und glaubt ihr, dass sich eure Seele dabei vervollkommne? – Euer Mund ist ruhelos, weil es euer Herz ist! Und darum habt ihr es immer eilig. Ich aber, ein Hindu der Kriegerkaste, habe immer Zeit, weil ich weiß, dass ich eine endlose Kette von Leben zu leben habe, und was ich heut nicht kann besorgen, besorge ich vielleicht in fünfhundert Jahren. Wenn es das Schicksal will.

Aber weshalb erkläre ich das alles? Du bist nur ein Weißer und kannst niemals ein Hindu werden. Ich sage es dir auch nur, damit du besser meine Handlungen verstehst, – soweit ein Nichthindu überhaupt einen Hindu verstehen kann.

Ich erzählte dir, Herr, dass ich es anfangs verschmähte, abends auszugehen. Aber mich kam die Sehnsucht an, wieder einmal meine Glieder in einen der heiligen Teiche zu tauchen, wieder einmal in einem Tempel zu beten und das Glück zu genießen, dass eine heilige Kuh aus meinen Händen fresse.

Also verließ ich eines Abends die Kaserne. Als ich durch die Straßen schritt, sah ich, dass die Engländer nicht zu sorgen brauchten, ein Hindu könne freiwillig aus dem Heer austreten, denn an allen Ecken standen Wachen, und zumal zum Hafen konnte kein Lebender gelangen.

Ist es dir schon einmal begegnet, dass dir eine Stadt, die du liebtest und zu kennen glaubtest, plötzlich über Nacht fremd geworden war? Als ich durch die Straßen wandelte, rieb ich mir immer und immer wieder die Augen: War das noch Bombay? Wohl standen die Häuser, die Hütten, die Bäume noch an ihren Plätzen und ich hätte jeden im Traum zu finden vermocht –, aber mir war, als sei eine unerklärliche Veränderung mit ihnen vorgegangen. Eine unsichtbare Mauer hatte sich zwischen mir und meiner Vaterstadt getürmt, und ich empfand ein Frösteln, als sei ein Freund, dem ich mich ganz zu eigen gab, unerwartet einer Frage meiner Seele die Antwort schuldig geblieben, so dass ich den breiten Strom sah, der alle Menschen trennt und über den es keine Brücke gibt.

Am Ufer des heiligen Teiches, an dem Jim Boughsleigh seine Angel nach mir ausgeworfen hatte, machte ich halt. Ich wusch mich nach der heiligen Sitte, und ich sah mit Betrübnis, dass die andern Hindus ihre

Augen von mir abwandten. Auf den Bäumen saßen wohl die Affen, aber sie würdigten mich nicht, mit Früchten nach mir zu werfen – als ob auch sie dächten: »Verräter!«

Ich schlich in einen Tempel, warf mich nieder und klagte den Göttern mein Leid. Die Bilder der Götter hörten mich ernst an: Schon so viel Elend und Schmerz ist an ihr Ohr geklungen, dass du keine Wunde ihnen enthüllen kannst, die sie nicht schon tausendfach brennender gesehen hätten. Aber sie sind nicht wie die Menschen, deren Herz sich an die Klagen gewöhnt und sich verhärtet, nein, die *guten* Götter haben für jeden neuen Aufschrei neues Mitleid bereit, wie die Dämonen für jedes neue Unglück neuen Hohn.

So verließ ich gestärkt den Tempel, und freundlich blickten die Götterbilder mir nach, freundlicher als die Augen der Brahmanen und Tempeltänzerinnen, denn ich war mit leeren Händen gekommen.

»Pst! Freund!«, klang es zu mir, als ich die Stufen hinabeilte. Ein Mohammedaner, den ich ungern so nahe dem Heiligtum sah, hatte mich angerufen. Er schien mich erwartet zu haben, aber ich kannte ihn nicht. Was kümmern mich die verblendeten Bekenner Allahs? Ich verachte sie, und deshalb überhörte ich des Fremden Ruf und wollte meines Wegs gehen.

Allein der Fremde ließ mich nicht so leichten Kaufs los, er sperrte mir den Weg und, ob ich wollte oder nicht, ich musste ihm ins Antlitz blicken, und ich sah, dass in seinen Augen Klugheit und Güte wohnten. Er war ein sehniger, schlank gewachsener Mann, und wenn er ein Hindu gewesen wäre, hätte ich ihn nach seinem Begehr gefragt. Da er aber nur ein Mohammedaner war, suchte ich ihm auszuweichen.

»Wischnu und Schiwa mögen dir gnädig sein!«, grüßte mich der Mohammedaner.

Einen so frommen Gruß durfte ich nicht unerwidert lassen. »Und dir deine Götter!«, entgegnete ich.

Er lächelte und mir fiel ein, dass die Bekenner Allahs ja nur an *einen* Gott glauben. Und da man sich immer ärgert, wenn man eine Dummheit gemacht hat, und ich niemand anderen zur Verfügung hatte, meinen Ärger an ihm auszulassen, so fuhr ich ihn an: »Erlöse mich von deinem Anblick, damit ich mich nicht verunreinige!«

Ich hatte erwartet, dass er nun seinen Dolch ziehen werde, denn diese Menschen fühlen sich sehr leicht beleidigt, und ich hatte schon mein linkes Bein vorgeschoben, um ihn darüber stolpern zu lassen und ihn dann von hinten zu besiegen. Der Fremde jedoch sprach ruhig: »Du bist ein mutiger Mann und deshalb zu meinem Vorhaben geeignet. Und da du so leuchtenden Auges aus dem Tempel tratst, bist du auch ein *gläubiger* Mann und wirst die Beteiligung an einem frommen Werke nicht abschlagen.«

Mich kniff die Neugier. Ich dachte nur: »Juckt er dich mit seinen rätselhaften Andeutungen, soll er dich auch mit einer deutlichen Aufklärung kratzen!«

Auch war es mir so ungewöhnlich, dass ein Mohammedaner mich ansprach (denn sie lassen außer sich selbst nur noch die Christen und die Juden gelten), dass ich mich zu der Frage hinreißen ließ: »Ein frommes Werk? Sprich, was es sein soll!«

Da schaute sich der seltsame Fremde vorsichtig nach allen Seiten um und flüsterte: »Nicht so laut! Wir wollen nicht stehenbleiben! Schreite neben mir einher, als ob wir Gleichgültiges sprächen!«

Wir setzten uns in Bewegung. Ich konnte mir des Mohammedaners Benehmen und Absicht immer weniger deuten.

»Bist du durstig?«, frug er und zog eine Whiskyflasche aus dem Gewand.

Da erinnerte ich mich daran, wie Jim Boughsleigh mich mittels dieses flüssigen Dämons zu umgarnen versucht hatte, und Empörung peitschte mich: »Wie? Du, dem seine Lehre den Wein verbietet, reichst mir solches Getränk? Lasse mich allein, denn wie könnte das Werk ein frommes sein, das du mit Hilfe eines Dämons beginnen willst?«

Er lächelte wieder. »Hättest du getrunken, so wäre kein Wort mehr über meine Lippen gekommen, denn ich brauche einen nüchternen Mann!«

Ich bewunderte die Schlauheit des Mohammedaners. Vielleicht handelt es sich um einen Einbruch, dachte ich. In diesem Falle hätte ich allerdings schweren Herzens absagen müssen. Denn nur noch eine Stunde durfte ich der Kaserne fernbleiben.

»Sprich!«, heischte ich kurz.

Da trat der Fremde in den Schatten eines Baumes, und seine Lippen sprudelten: »Merke dieses Zeichen!« Er legte die drei mittleren Finger der rechten Hand über die Mittelfinger der linken und hob sie bis zur Stirn. »Hast du es gesehen?«

»Ja!« Und ich konnte mich nicht enthalten zu fragen: »Wie oft hast du heute schon aus deiner Flasche getrunken?«

Er lachte. »Ich trinke nicht, aber es ist mitunter nötig, sich betrunken zu stellen, ... solange die Engländer die Herren dieses Landes sind!« Bei den letzten Worten sprühten seine Augen so leidenschaftlichen Hass, dass ich mich ihm gesinnungsverwandt fühlte. Von diesem Augenblick an vertraute ich ihm, als hätte ich schon zwanzig Diebstähle mit ihm gemeinsam ausgeführt.

»Wirst du das Zeichen nachahmen können?«

Ich tat es.

Wir traten wieder aus dem Schatten des Baumes und wanderten weiter.

»So höre mich: Versuche, wenn mohammedanische Soldaten in deiner Nähe sind, unauffällig dieses Zeichen zu machen! Aber lasse es nie die Engländer sehen! Erwidert keiner meiner Brüder das Zeichen, so tue, als habest du nur eine unwillkürliche, spielerische Handbewegung gemacht. – Wenn dich aber einer mit demselben Zeichen wiedergrüßt, so gib ihm dieses!«

Blitzschnell hatte er aus seinem Kleid ein versiegeltes Schreiben gezogen und es mir in eine Falte des Gewandes geschoben. Ich trat einen Schritt zurück, denn noch konnte ich mich nicht an die körperliche Berührung eines Nichthindus gewöhnen.

»Lasse es nicht in die Hände der Engländer fallen!«, zischelte er.

Ich sperrte Nase und Mund auf. War das alles? Ein versiegeltes Schreiben? Und deshalb so viel Geheimtuerei?

»Was bedeutet das Ganze?«

»Ein frommes Werk! Die Götter werden es dir lohnen! Und die Engländer dich dafür verwünschen!«

Ich wusste nicht, welche von beiden Belohnungen mir die begehrenswerteste dünkte.

»Und ich soll es irgendeinem Mohammedaner geben?«

»Irgendeinem, der das Zeichen kennt!«

»Und wann soll ich zum ersten Male das Zeichen erproben?«

»Sobald ihr auf hoher See seid!«

Ich zuckte zusammen, – aber schon im gleichen Augenblick kam mir mein Schreck töricht vor.

Diesmal war ich es, der lächelte, und ich sprach: »Auf hoher See? Wir kommen nicht übers Meer, wir werden nur in der Heimat verwendet!«

Da schaute mich der Mohammedaner so tieftraurig an, dass mein Lächeln erstarb und Unruhe mir ins Herz zog.

»Armer Freund!«, klagte er und wischte sich mit der Hand eine voreilige Träne von der Wimper. »Armer Freund!«

Als ich ihn so bewegt sah, geriet ich in solche Aufregung, dass ich hastig einen Zipfel seines Kleides ergriff und ihn bestürmte:

»Was willst du damit sagen? Weshalb weinst du? Bei allem, was du verehrst, sprich, sprich!«

Aber er wiederholte nur: »Armer Freund!«

Und riss sich los und enteilte.

Ich stand da, mit blitzenden Augen und wogender Brust. In der geballten Faust hielt ich die drei Rupien, die mir aus alter Gewohnheit in der Hand geblieben waren, als ich das Kleid des Fremden berührt hatte.

War ich das Opfer einer Zauberei? War der Fremde ein böser Dämon gewesen?

Doch nein, er hatte geweint.

Aber vielleicht hatte auch ihn ein kluger Vater gelehrt, zu weinen, wenn sein Herz vor Freude sprang, und zu lachen, wenn der Schmerz ihn würgte.

Sicher wusste er mehr, als er gesagt hatte.

Mein Kopf wirbelte, – nein, ich wollte mit diesem Schreiben, das vielleicht eine Zauberformel barg, nichts zu tun haben, ich musste es ihm zurückgeben. »Mein Freund«, rief ich und eilte in die Straße, in der er verschwunden war, »mein Freund ...«

Aber ich fand ihn nicht mehr. Er musste sich in irgendeinem der Häuser verborgen haben.

Der Atem ging mir aus, und ich verlangsamte meinen Schritt.

»Armer Freund« hatte er mich genannt. Sah er eine dunkle Zukunft voraus? Ahnte er Leiden, die mich treffen sollten und die er nicht von mir abwenden konnte? Verband uns beide ein verwandtes Geschick?

Ich fühlte den Brief in meinem Kleide, und mein Verstand sagte mir: »Wirf ihn von dir! Zerreiße ihn, verbrenne ihn!« Zu gleicher Zeit aber klang es in mir: »Bewahre ihn gut! Es ist ein frommes Werk, zu dem du berufen bist!«

Die Ruhe, die ich aus dem Gebet geschöpft hatte, war in peinvolle Beklemmung gewandelt, ich war in einen Irrgarten widersprechender Gefühle geraten, und wohin ich mich auch wandte, einen Ausgang zu finden, stieß ich auf dicke Mauern.

Ich achtete nicht mehr auf die Richtung, die ich einschlug, und mein Instinkt führte mich den Weg zu meiner Lehmhütte, vor der ich plötzlich stand, ohne zu wissen, wie ich dorthin geraten war.

Es war dunkel geworden, die Häuser standen wie ausgestorben, denn die Engländer hatten bei Kriegsbeginn einen Erlass verkündet, der es den Eingeborenen verbot, des Abends Licht zu brennen. Auf diese Weise hofften sie, alle geheimen Zusammenkünfte verhindern zu können.

An der Pforte meines kargen Heims strauchelte ich über einen plumpen Gegenstand. Ich bückte mich – und fuhr zurück: Da lag Malatri, die Brillenschlange, und sie war tot. Erschlagen von rohen Händen.

Ich warf mich nieder, presste den armen Kadaver an mich, streichelte den zerschmetterten Kopf, so dass mir das geronnene Blut an den Fingern kleben blieb. Ich rief: »Malatri, Liebling meiner Seele, Genosse meiner Beutezüge, hörst du mich nicht? Erwache und richte dich auf! Ich will dir vom besten Reis bringen, ich will dir die süßeste Milch stehlen, ich will dir ein weiches Lager bereiten! Du sollst an meinem Hals schlafen, ich will dich bedienen wie einen Fürsten, – so vernimm doch den Ruf deines Freundes und gib ihm ein Zeichen!« ...

Dies waren die Worte, die der Schmerz mir eingab.

Aber die Seele, die in Malatris geschmeidigem Körper gewohnt hatte, ließ sich nicht mehr zurückrufen. Schon hatte sie in einem anderen Leibe ihre Stätte gefunden, vielleicht lebte sie in einer der Ratten, die über die Schwelle huschten und meine Klagen mit leisem Pfeifen begleiteten.

Nun hatte ich nichts mehr, was mich an die Heimat fesselte. Mit der letzten Wurzelfaser war ich losgerissen aus dem Boden – gleichgültig, wohin man mich verpflanzen werde.

Das Spielzeug des Schicksals ...

Ich hob Malatri von der Erde, trug sie zu einem nahen, fließenden Gewässer und überließ sie den trägen Wellen.

Verspätet traf ich in der Kaserne ein. Zu meiner Verwunderung blieb die erwartete Strafe aus, der Posten ließ mich passieren, ohne mich zur Rede zu stellen. Er lachte mir nur breit ins Gesicht, als wisse er ein spaßhaftes Geheimnis.

Kaum aber hatte der Gott des Schlafes meine Lider angehaucht, da riss ein gellendes Trompetensignal uns alle empor. Und als wir aufblickten, stand in der Türe unser Offizier mit fünf Soldaten, und sie hielten ihre Revolver bereit.

Wir waren den Anblick von Revolvermündungen zu sehr gewohnt, um unruhig zu werden, und dachten, es sei wieder einmal eine Nachtübung anberaumt. Als wir jedoch unsere Gewehre ergreifen wollten, sahen wir mit Erstaunen, dass sie heimlich weggeräumt worden waren.

Ich musste doch länger geschlafen haben, als ich geglaubt hatte.

»Antreten im Hofe ohne Waffen!«, befahl der Offizier und schnitt ein Flüstern, das sich erheben wollte, durch das Kommando ab: »Ruhe! Kein Wort!!«

Wir alle mussten vor ihm den Raum verlassen, er folgte nebst seinen fünf Soldaten, ohne den Finger vom Revolverhahn zu nehmen, und es war nicht anders, als treibe er eine Herde vor sich her.

Im Hofe aber sah es seltsam aus. Da standen zwei Regimenter englischer Soldaten mit geladenen Gewehren, und sie ließen uns nicht aus den Augen.

Dem einen Regiment gegenüber standen die mohammedanischen Truppen, die im andern Flügel der Kaserne untergebracht gewesen waren. Ihnen fehlten, gleich uns, die Waffen.

Dem zweiten Regiment gegenüber mussten wir uns aufstellen.

Auf großen, mit Pferden bespannten Karren lagen unsere Gewehre.

Kein lautes Wort fiel, selbst die Befehle wurden halbleise erteilt, als gälte es, sie vor unberufenen Lauschern geheimzuhalten.

Waren wirklich alle so bleich, oder sog der Schein des heiligen Mondes die Farbe aus ihren Wangen?

Die englischen Soldaten marschierten auf uns zu, nahmen unseren Zug in die Mitte, und nun ging es hinaus in die Nacht, – rechts und links von schussbereiten Wächtern behütet.

Im Zickzack führten sie uns durch die Stadt, deren Straßen von Menschen gesäubert worden waren. Nur die Schritte hallten, und auch sie waren gedämpft wie bei euren Leichenzügen.

Ja, es war ein Leichenbegängnis. Die Versprechungen, die sie uns und den Mohammedanern gegeben hatten, trugen sie zu Grabe, und uns alle stießen sie mit hinab in die Gruft.

Wir sahen den Hafen vor uns, der angefüllt war von englischen Soldaten, und ein großes Schiff stand bereit, uns aufzunehmen.

Zuerst wurden unsere Gewehre verladen. Alles so lautlos, wie in einem Schattenspiel.

Und ich selbst kam mir vor wie leblos – ich sah, was geschah, aber ich hatte die Empfindung dafür verloren. Ich sah, wie die Mohammedaner über die Bretter schritten, die den Steinboden mit dem Schiff verbanden, ich sah, wie ihr Zug in einer Treppenluke verschwand – ich fühlte keinen Schmerz. Ich setzte mich in Bewegung, als die Reihe an uns gekommen war, willenlos wie ein Tier.

Als ich über die Bretter marschierte, versagten meine Knie den Dienst, ich fiel. Aber ein Stoß mit dem Gewehrkolben in den Nacken brachte mich wieder auf die Beine.

Im Aufspringen sah ich den Mond über mir stehen. Und mir war, sein Antlitz ähnele dem fremden Mohammedaner, dessen Schreiben ich im Gewande trug, und er weinte.

Und eine weiße Wolke schob sich vor ihn, um die Träne an seiner Wimper zu trocknen.

Gerade wollte ich eine Pause des Atemholens dazu benutzen, »Galgenstrick« mit der sanften Frage zu unterbrechen, ob ihn das Erzählen nicht anstrenge, als er selbst hüstelnd sprach: »Wenn es dir recht ist, oh Herr, lasse mich schließen für heute!«

Natürlich war es mir recht.

Um aber Mister Galgenstrick nicht in gar so trüber Stimmung zu verlassen, plauderte ich noch ein wenig von gleichgültigen Dingen.

Er hörte mir die ersten paar Sätze geduldig zu, dann sagte er: »Ihr Weißen redet, ohne zu denken!«, drehte sich im Bett herum, und soweit die Bettdecke erkennen ließ, nahm er eine Körperstellung ein, die selbst der optimistischste Optimist nicht als Ehrenbezeigung deuten konnte.

Ich musste ob dieser Pantomime so herzlich lachen, dass Mister Galgenstrick sich wieder zurückdrehte und, angesteckt von meiner Heiterkeit, mir grinsend die Zähne zeigte.

Und so hatte ich doch meine Absicht erreicht, ihn vor meinem Abschied in heitere Laune zu versetzen.

Als ich am nächsten Mittag in das Lazarett kam, sagte mir auf dem Flur die Krankenschwester: »Mister Galgenstrick ist, seitdem Sie ihn besuchen, braver – aber heute Nacht war er wieder sehr ungezogen!«

»Was hat er denn angestellt?«

»Er hat sich selbst das Fenster geöffnet und die ganze Nacht hindurch die kalte Luft, die Gift für seine kranke Lunge ist, eingeatmet. Ich habe Dr. Heßberg gar nichts davon gesagt, sonst hätte er den Patienten furchtbar zusammengeschimpft!«

»Daran haben Sie recht getan, Schwester!«

Übrigens hatte die kalte Luft meinem farbigen Freunde nicht viel geschadet – soweit mein Laienauge es beurteilen konnte.

Er war recht vergnügt, legte bei meinem Eintritt die indischen Bilder, die er stundenlang zu betrachten pflegte, beiseite und begann nach einigen kurzen Begrüßungsworten lebhaft zu erzählen.

Das Meer ist ein heiliges Gewässer, und es übt eine unwiderstehliche Anziehungskraft aus. Besonders auf die Speisen, die man im Magen hat.

Lass mich schweigen, Herr, von den ersten Tagen der Seefahrt. Wir glichen weniger einer Truppe, die in den Kampf gegen die Deutschen zieht, als einer Truppe, die aus dem Kampf mit den Deutschen kommt. Und wenn meine Seele jemals in den Leib eines Herings ziehen sollte, so weiß sie nun wenigstens im Voraus, wie einem beim Eingepökeltsein zumute ist.

Wir Hindus waren auch zumeist *stumm* wie die Heringe. Wir sind keine Weißen, die stets das Bedürfnis haben, ihr »Herz« auszuschütten – wobei ich immer lebhaft an das Ausschütten einer Kehrichttonne erinnert werde. Und ich glaube, die meisten Europäer besitzen dieses Mitteilungsbedürfnis, nicht weil ihr Herz übervoll, sondern weil ihr Kopf überleer ist.

Du fragst dich, warum ich dir meine Lebensgeschichte erzähle, da ich das Stummsein so lobpreise?

Siehe, das ist eben der Unterschied: Ihr werdet wortkarg, wenn ihr krank seid, ich werde auf dem Krankenlager gesprächig. Ihr haltet das Mundhalten für eine Krankheitserscheinung, ich das Schwatzen.

– Die Fahrt schien endlos. Wohl hatte ich schon gehört, dass ferne unserer Heimat die Länder liegen, aus denen die Fremden zu uns kommen und uns ihre Waren schicken, aber nie hätte ich geglaubt, dass diese Länder so weit abseits lägen, dass das Meer so breit sei. Ich zermarterte mir das Gehirn mit der Frage, wozu ist das viele Wasser da, und ich kam zu der Lösung: Die Götter haben es in ihrer Weisheit ausgeschüttet, damit ihr Weißen nicht so leicht und gefahrlos zu uns herüberkommen könnt. Das Meer ist der Stacheldraht des farbigen Mannes.

Wenn ein Offizier zu uns Eingepökelten hinabstieg, fragten wir ihn nach dem Reiseziel. Der eine Offizier nannte »Ägypten«, der zweite »Frankreich«, der dritte »Belgien«, der vierte »Deutschland«.

Ich sage: »wenn er zu uns hinabstieg«, denn wir Hindus durften nicht an Deck. Wir wurden verschickt wie eine Ware, und ich weiß nicht: Berechneten uns die Engländer nach der Kopfzahl oder nach dem Pfund Lebendgewicht?

Wir lagen im untersten Schiffsraum und ein Stockwerk über uns hausten die Mohammedaner. Eine Treppe verband uns. Manchmal kamen Mohammedaner zu uns herab und erzählten uns Neuigkeiten. Die Engländer sahen dies nicht gerne.

»Woher weißt du diese Neuigkeiten?«, stellte ich einmal einen Bekenner Allahs zur Rede, der mir mitgeteilt hatte, die Russen hätten die siebzehn Töchter des Deutschen Kaisers gefangen genommen. »Woher weißt du es, da wir mitten auf dem Meere sind? Haben es dir die Möwen zugetragen? Liest du es aus den Zickzackbewegungen der Fische?«

Er hielt mir darauf eine große Rede über ein Ding, das er »drahtlose Telegrafie« nannte und das ein Engländer namens Marconi erfunden habe. Ich ließ den dummen Schwätzer stehen.

Ich weiß, dass ihr Weißen viele Geheimnisse erforscht habt: Ihr habt ein Glasinstrument, das ihr »Thermometer« nennt und mit dem ihr das Wetter macht; ihr habt ein Blechrohr, in das ihr eure Musik eingesperrt habt und aus dem ihr sie herauslasst, wenn andere Menschen schlafen wollen; und obwohl dieses Blechrohr, das ihr »Grammofon« nennt, keine Nase hat, singt es doch durch die Nase; ihr seid pfiffig und stehlt der Natur gewandter ihre Geheimnisse als ich euch die Taschenuhren, – aber solchen Unsinn wie »drahtlose Telegrafie« dürft ihr einem Hindu nicht vorschwatzen!

Nein, ich glaube nicht an solche Taschenspielerkünste und ich bin überzeugt, die sogenannten drahtlosen Kriegsberichte der Engländer entstehen auf eine ganz andere Weise, nämlich indem sie einfach fern vom Schlachtfeld erfunden werden.

Und das haben mir später meine Erfahrungen auch bestätigt.

Am dritten Tage der Seefahrt gab es einen großen Tumult auf dem Schiff.

Es war um die Mittagszeit, das Meer lag leise atmend wie ein schlafendes Mädchen und schien sich selbst im Schlummer unbewusst zu schämen, dass wir es durch die Fensterluken beobachteten.

Ein sanfter Wind fächelte von ihrer Stirne die Möwen, die ich die Mücken des Meeres nennen möchte.

Da hörten wir plötzlich, wie die Engländer auf dem Verdeck des Schiffes durcheinander schrien, wie sie aufgeregt hin und her liefen, bis schneidende Kommandostimmen Ordnung in den Wirrwarr brachten.

Ein Mohammedaner stürzte auf uns zu und tobte: »Ein deutscher Kreuzer ist in Sicht! Wir sind alle verloren!«

»Hat er explodierende Metallfische bei sich?«, erkundigte ich mich, aber er ließ sich keine Zeit, mir zu antworten. Er raste wieder die Treppe hinauf zu seinen Stammesgenossen.

Ich hörte, wie die Falltüre geschlossen wurde, die uns von dem Verdeck absperrte: Wir waren wie in einem Käfig gefangen.

Ein Murren erhob sich, wilde Gedanken jagten sich in unseren Köpfen.

Doch ein Brahmane stimmte ein Gebet an, wir ließen unsere Stimmen mitklingen und unsere Wünsche drangen zu den Himmeln empor, hindurch durch die Falltüre und die Planken des Schiffes.

Wir Hindus flehten zu Schiwa, die Engländer flehten zu ihrem Gott, die Mohammedaner flehten zu Allah. Zu vielerlei Göttern, in vielerlei Sprachen schrie Menschennot nach Errettung, aber ich glaube, im Grunde war es ein und dasselbe Gebet.

Als ich mein Gebet verrichtet hatte, trat ich an eine der Fensterluken, stieß die anderen, die mir den Platz streitig machen wollten, mit den Ellenbogen kräftig zurück und schaute auf den Ozean hinaus.

Ein Rauchwölkchen stieg am Horizont auf, wuchs, kam näher, und es sah aus, als ob ein Schiff langsam aus den Wogen emporstiege: Zuerst der Schornstein, dann das Deck, der Rumpf – und nun war das ganze Schiff sichtbar und lief auf uns zu mit der Schnelligkeit einer Ratte.

Man konnte es im hellen Tageslicht deutlich beobachten.

Da begannen die Maschinen unseres Schiffes laut aufzustöhnen, wir wurden von einem Ruck durcheinandergeworfen, und ein Wettrennen auf Leben und Tod begann zwischen den beiden Dampfern.

Und ich sprach zu mir: »Wie es das Schicksal will, wird es geschehen. Will es das Schicksal, so bleibe ich am Leben, will es das Schicksal, so ertrinke ich. Mir ist beides recht. Wohl ist es betrüblich, dass ich nicht, wie meine Vorfahren, am Galgen sterben soll, dass ich die Tradition unterbreche. Und ich wollte, ich hätte erst das hilflose Ermatten überstanden, bei dem mir das Wasser in Mund und Nase dringen wird, bis sich die Wellen gurgelnd über mir schließen! Möge das Schicksal meinen Todeskampf abkürzen!«

Und wie ich, dachten wohl alle, alle, die an Bord waren. Ausgenommen vielleicht die Engländer, die die Rettungsboote in ihrer Nähe hatten.

Ich ließ mein Leben an mir vorübergleiten und fragte: »Was hast du mir bisher geschenkt? Viele Prügel und manche hungrige Nacht, aber auch manchen wohlgelungenen Beutezug. Du hast mir manches böse Wesen in den Weg geführt, wie Jim Boughsleigh, aber auch manches gute Wesen, wie Malatri, die Brillenschlange. Ich bin so gut und so schlecht gewesen, wie es mir meine Vermögensverhältnisse erlaubten. Wenn ich einen ungekannten Feind hinterlasse, so tut es mir leid, dass ich sterbe, ohne ihn umgebracht zu haben; wenn ich einen ungekannten Freund hinterlasse, so tut es mir leid, dass ich seine Bekanntschaft nicht gemacht habe. Möge meine Seele in einem besseren Leibe, als es mein gegenwärtiger ist, zu neuem Leben erwachen, – und wenn es nicht in meiner Heimat sein darf, so möge es in einem Lande sein, wo die fremden Brieftaschen gefüllter sind und die Wächter sich eines gesunden Schlafes erfreuen!«

Unser Schiff rannte durch die Wellen mit einer Schnelligkeit, die ich ihm niemals zugetraut hätte. Vor der Fensterluke spritzte der Gischt dicht empor, so dass ich nichts mehr sehen konnte. Und wenn ich nicht gewusst hätte, dass wir an Bord eines tapferen, unbesiegbaren englischen Schiffes wären, würde ich sagen: Wir flüchteten.

Jeden Augenblick erwartete ich, jenes explodierende Metallfischlein käme geschwommen und streckte seinen spitzen Eisenkopf durch die Schiffswand. Jeder Atemzug war mir eine Gnadenfrist.

Wann kommst du, Tod?

»Ich glaube, wir fahren langsamer«, sprach ein Hindu neben mir.

Ich merkte auf und nun kam es auch mir so vor. Der Gischt vor dem Lukenfenster spritzte niedriger, das Stampfen der Maschine wurde leiser.

Nun war auch der Blick über das weite Meer wieder freier – ich spähte, ich reckte mich hochauf: Der deutsche Kreuzer war verschwunden.

Vielleicht hatte ihn Schiwas Faust in das Meer gedrückt, wie man den Kopf eines störrischen Stieres niederdrückt.

»Wir sind gerettet!«, jauchzten die Mohammedaner über uns. Und umarmten sich.

Wir Hindus aber blieben ernst, ein unhörbares Aufatmen befreite unsere Brust, unsere Glieder lösten sich aus dem Starrkrampf der Todesbeklemmung.

Und wieder drangen die Gebete empor.

Die Engländer dankten: *Gott* hat uns gerettet.

Die Mohammedaner dankten: *Allah* hat geholfen.

Die Hindus dankten: *Schiwa* hat uns beigestanden.

Die Engländer feierten die Erlösung aus Todesgefahr mit Sekt und Whisky.

Die Mohammedaner feierten sie mit heiligen Gelübden.

Wir Hindus feierten sie mit einem gesunden Schlaf.

Und die Heizer an der Maschine bekamen einen Korb Wein vom Kapitän gespendet.

Übrigens begegneten wir am nächsten Morgen abermals dem deutschen Kreuzer und es stellte sich heraus, dass es ein englisches Handelsschiff war, das bei unserem Anblick schleunigst davongedampft war, weil es uns für einen deutschen Kreuzer gehalten hatte ...

So hatten wir uns gegenseitig bewiesen, dass Britannien das Meer beherrscht ...

Schmerzlicher als unter dieser Stunde der Aufregung litt ich unter der langen Abgeschlossenheit in dem stickigen Schiffsraum. Uns Hindus, die wir so eng mit der Natur verwachsen sind, dass wir mit ihr eine große Familie bilden, von Sonne, Mond abzusperren – es war unerträglich. Ich fühlte mich lebendig begraben.

Ich habe manchmal die Wahl gehabt zwischen einer Gefängnisstrafe und zwanzig Peitschenhieben auf mein Rückenende, und ich habe stets die Peitschenhiebe vorgezogen.

Das haben die Weißen nie begriffen. In ihren Augen gibt es nichts Entehrenderes, als öffentlich geprügelt zu werden. Ich aber frage: Was hat mein Ehrgefühl mit meinem Popo zu tun? Was ist das für ein Ehrgefühl, das eine Peitsche mir rauben kann?

Ihr könnt mich lahm geißeln, deshalb bleibe ich doch ein Hindu der Kriegerkaste. Aber wenn ihr auch alle Hindus ausrotten würdet, deshalb bliebet ihr doch nur Weiße. Da kann euch kein Mensch und kein Gott helfen.

Ihr macht ein großes Wesen von eurem Ehrgefühl, zu dessen Verherrlichung ihr mannigfache Löcher in die Luft schießt, aber was wahrer Stolz ist, könntet ihr von dem ärmsten Hindu lernen. Ich will dir ein Beispiel geben: Wohl ist der Hindu euer Knecht, aber in seiner kärglichen Lehmhütte ist er der Herr, und sein Weib würde es nie wagen, sich in seiner Gegenwart zu setzen. Bei euch hingegen gebärden sich just diejenigen Männer als die Herren der Welt, die zu Hause den Mund nicht öffnen dürfen.

Unseren Stolz beugt kein Richtschwert – euer Stolz zittert vor einem Pantoffel.

Gerne hätte ich mir jeden Tag zehn Peitschenhiebe aufzählen lassen, wenn man mich dafür nur eine halbe Stunde auf Deck gelassen hätte! Ach, ich sah die Gestirne nur durch ein schmales Fenster, ich hörte nicht den Gesang des Windes, und wenn ich den Blick hob, sah ich über mir harte Schiffsplanken.

Ich habe einmal einen weißen Knaben in Bombay gesehen, der sammelte Raupen. Er nahm sie von den blühenden Bäumen und sperrte sie in einen dunklen Pappkasten, in den er ein paar erbärmliche Luftlöcher gestoßen hatte. Mit diesen Raupen verglich ich uns.

Und eines Nachts hielt ich es nicht mehr aus, ich musste den Mond wieder einmal freien Auges sehen und mich überzeugen, ob er noch weinte?

Meine Brüder schliefen den festen Schlummer des Sklaven, als ich mich erhob, unhörbar die Treppe hinaufzuschleichen. Unhörbarer noch, als ich damals im Hause der Lady die Stufen emporgekrochen war.

Schon war ich an dem Stockwerk der Mohammedaner vorbei und schaute über mir die offene Falltüre. Ich sah den Vollmond mir zu Häupten und hob wie anbetend die Arme. Ich stieg höher und fühlte den Wind nach mir haschen. Und nun konnte ich auch einige Geräte auf dem Verdeck unterscheiden und erblickte den einen Schornstein des Schiffes.

Die Luft war voller Dämonen, die sich winselnd balgten, und der Rauch, der dem Schornstein entqualmte, schnitt tückische Fratzen.

Noch ein paar Schritte und ich musste droben sein. Aber als ich vorsichtig den Kopf aus der Luke hob, spürte ich einen krachenden Schlag auf dem Schädel und hörte eine böse Stimme: »Willst du wohl drunten bleiben, Kanaille?«

Da zog ich meinen Kopf schleunigst zurück.

Oh, die Engländer hielten gute Wacht.

Ich stieg bekümmert die Treppe hinab und setzte mich in stummer Klage auf eine Stufe.

Der Schein einer elektrischen Taschenlampe traf mich von oben, ich schaute aufwärts und sah in der Luke der Falltreppe ein weißes Gesicht, das herabspähte und fluchend herunterspuckte.

Dann ward es wieder dunkel.

Mit verächtlichem Achselzucken erhob ich mich und setzte mich einige Stufen tiefer.

Das war wieder eine echt englische Heldentat gewesen, einen Wehrlosen anzuspucken. Schule Jim Boughsleigh. Aber vielleicht verdienen es die Völker, die für Englands Habgier ihr Blut opfern, nicht besser.

Wie lange ich auf der Treppe saß, kann ich nicht angeben. Meine Sinne flüchteten aus der harten Gegenwart in die freundlichen Gärten der Selbsttäuschung und ergötzten sich an dem Spielen mit eitlen Hoffnungen.

Als sie zurückkehrten und ich mir wieder meiner Lage bewusst ward, war die Last meiner Sorgen doppelt schwer geworden. Ich stützte den Kopf in die Hände und wünschte: Oh möge doch das Schiff mit uns allen auf den Meeresboden sinken.

Plötzlich fühlte ich mich beobachtet. Ich sah um mich und gewahrte einen Mohammedaner, der am Fuße der Treppe stand und wohl schon längere Zeit meinem Mienenspiel gefolgt war.

Er starrte mich schweigend an. Soweit ich es im Dunkeln erspähen konnte, malte ich mir sein Bild: ein kleines Männlein, mit gebeugtem Rücken. Tiefe, ruhige Augen.

Wir musterten einander eine Weile, ohne zu sprechen. Diesem wortlosen gegenseitigen Suchen zweier Unglücklichen haftete eine merkwürdige Feierlichkeit an.

Wir prüften unsere Seelen mit den Blicken – zwei Freunde, die sich in tiefer Not begegnen und sich stumm verstehen.

Ich legte die drei mittleren Finger der rechten Hand über die Mittelfinger der linken und hob sie zur Stirn.

Gespannt harrte ich, ob der Mohammedaner das Zeichen erwidere?

Er stieg gemessen die Stufen der Treppe empor, bis er dicht vor mir stand. Kein Zucken in seinem Gesicht, keine Bewegung verriet, was in ihm vorging.

Mir war zumute wie in einem Tempel.

Und ohne den Blick von mir zu lösen, vollführte er das geheimnisvolle Zeichen.

Langsam ließ er die Hände sinken. Dann beugte er sich zu mir nieder und flüsterte das eine Wort: »Leise!«

Er ahmte das Pfeifen und Rascheln einer Ratte nach – blickte nach oben – die Wache rührte sich nicht.

Da setzte er sich neben mich auf die Treppe, – und nun war er nicht mehr der feierliche Mohammedaner mit den gemessenen Gesten, sondern ein gesprächiges altes Männlein, das hastig lispelnd mit mir plauderte, wie ein altvertrauter Bekannter.

Ich merkte freilich wohl, dass er bei dem scheinbar sorglosen Plaudern mich eindringlich beobachtete, und ich glaube, er hätte bei der kleinsten verdächtigen Schwankung meines Tonfalls sich sogleich wieder in den unnahbaren Stummen zurückverwandelt.

»Woher kennst du das Zeichen, Freund?«, forschte er.

»Einer deines Stammes hat es mich gelehrt.«

»Wo?«

»In Bombay.«

»Wann?«

»Am Tage, ehe man uns auf dieses Schiff brachte.«

»Erzähle es mir genau!«

Ich erfüllte sein Begehren. Er hörte mir ruhig zu, manchmal mit dem Kopf beifällig nickend, manchmal leise kichernd.

Von Zeit zu Zeit gab er mir mit der Hand ein Zeichen, eine Pause zu machen, ahmte wieder die Ratte nach, blickte nach oben, und da keine Gefahr drohte, ließ er mich weitersprechen.

Als ich geendet hatte, sagte er:

»Das war Abu-Kalib! Allah segne ihn! Und stärke ihn im Sterben, wenn ihn die Engländer erwischen!«

»Wenn er dich kennt, weshalb gab er dann den Brief mir, dem Fremden, und keinem von euch?«

»Schlauköpfchen! Weil kein mohammedanischer Soldat in Bombay auch nur für die Zeitspanne eines Augenblinzelns unbeobachtet blieb! – Wo hast du den Brief?«

»Hier!«

Ich zog ihn aus meinem Gewand, fühlte, ob das Siegel noch unverletzt sei, und reichte ihm das Schreiben.

Er küsste es.

»Ist bei euch unten eine Wache?«, lispelte er.

»Nein. Wozu auch?«

»Pst! Leise, mein Freund!«

Er fasste meine Hand und zog mich die Treppe hinab. Dabei quiekte er ein Rattenkonzert von erstaunlicher Naturtreue – die Wache oben rührte sich nicht. Vielleicht war sie eingeschlummert.

Als ich am Eingang zu unserem Raume stand, zögerte ich einen Augenblick. War es nicht sündhaft, einen unreinen Mohammedaner in unser Lager zu führen? – Aber seufzend gestand ich mir, dass ich in den letzten Wochen unter dem Zwange des Krieges so oft hatte gegen unsere Sittengebote verstoßen müssen, dass mir die Götter wohl auch dieses Vergehen noch verzeihen würden.

So traten wir denn auf den Zehenspitzen ein, stiegen über die Schlafenden hinweg, nach einer Fensterluke, durch die der Mond seine neugierigen Strahlen warf.

In dieser Beleuchtung sah ich zum ersten Male den Mohammedaner deutlicher: Die vielen Runzeln in seinem Gesichte zeugten von vollbewusst erlittenen, herben Lebensschicksalen. Und nun begriff ich auch, warum er beim Sprechen lispelte und das Pfeifen der Ratte täuschender als ein Hindu nachahmen konnte: Er pfiff durch eine breite Zahnlücke.

Ehe er das Schreiben öffnete, sah er mir scharf in die Augen.

Ich verstand sein Misstrauen, las in seinem Blick die Frage: »Bist du auch nicht von den Engländern bestochen?«, und deutete als klarste Antwort auf das Zeichen Schiwas an meiner Stirn.

Er nickte befriedigt und brach das Siegel auf.

Und während er las, weiteten sich seine Augen, Entsetzen verzerrte sein Antlitz, er taumelte, ließ das Blatt sinken, als überstiege es das Fassungsvermögen seines Hirnes, weiterzulesen.

Ich erschrak und bereute es beinahe, ihm das Schreiben anvertraut zu haben.

Am Ende war es doch kein heiliges Werk, wie mir Abu-Kalib beteuert hatte?

Am Ende hatte ich mich zum Mitwisser, zum Mitschuldigen eines blutigen Frevels gemacht?

Aber ehe ich diese Befürchtungen weiter denken konnte, fesselte mich wieder des Mohammedaners seltsames Benehmen.

Er hatte das Schreiben dicht vor die Augen gehoben, so dass ich im Mondschein durch das Pergament hindurch die Umrisse seines Kopfes wie den gespenstischen Schatten eines Raubtierschädels sah. Nun senkte er das Blatt wieder und mir starrten die Züge eines Irrsinnigen entgegen. Er ergriff meine Hand mit seiner fiebernden Rechten, während er sich die Linke in den Mund presste, um nicht aufschreien zu müssen.

Ich stand erschüttert. Bis ich fühlte, wie sich der Druck seiner Hand löste und er aus seinem Krampfe erwachte.

Und nun hing er an meinem Hals und weinte an meiner Brust – der alte Mann wie ein Kind.

Ich wusste mir sein Weh nicht zu erklären, aber ich wagte nicht zu fragen. Ich legte meinen Arm um seinen gekrümmten Rücken, er zuckte zusammen unter dieser zärtlichen Bewegung, und nun hatte er sich wieder auf sich selbst besonnen.

»Allah wird dich lohnen und dir die Wonnen des Paradieses schenken!«, lispelte er. Und indem er auf die Reste des Siegels aus dem Fußboden wies, warnte er: »Entferne dies, lasse es die Engländer nicht finden! Es kann dich den Kopf kosten!«

Ich bückte mich, las die Reste zusammen – und als ich mich wieder aufrichtete, war der Mohammedaner entwischt. Ich hörte von der Treppe her das Piepen einer Ratte – vermischt mit schluchzendem Kichern.

Heute weiß ich, was in dem Schreiben stand: Es war des Sultans Aufruf zum Heiligen Krieg.

Aber nicht zum Heiligen Krieg gegen die deutschen Dämonen, wie die Offiziere gelogen hatten, sondern zum Heiligen Krieg gegen die Engländer.

Ich hatte die Reste des Siegels vom Boden aufgesammelt und, um sie sicher zu verbergen, verschluckt. Die Folge bewies mir, dass Siegellack ein schlechtes Nahrungsmittel ist. Heftiges Bauchgrimmen lohnte mir das fromme Werk und bestätigte die alte Erfahrung, dass uns unsere guten Taten in der Regel die *bittersten* Schmerzen eintragen.

Bald genug sollten mich unerwartete Ereignisse belehren, dass der alte Mohammedaner den Inhalt des Schreibens nicht geheimhielt.

Wirrer und aufgeregter dünkte mich am nächsten Morgen der Widerhall der Schritte uns zu Häupten. Vielleicht aber kam es mir auch nur so vor, da ich bisher nie so aufmerksam auf dieses Geräusch geachtet hatte.

In der Nacht aber erhob sich über uns ein drohendes Gemurmel, schwoll zu gärenden Rufen, Schreie kreischten und bald war es, als ob ein Rudel wilder Hunde losgelassen sei.

Wir wachgewordenen Hindus sahen einander verwundert an und ein Brahmane sagte:

»Ein Narr, wer sich gegen das Schicksal auflehnt!«

Ich unterschied in dem Lärm, wie Holz zerbrochen wurde, wie Glas klirrte, und mein Eindruck war: Die da oben demolieren ihr Gefängnis.

Und nun trampelten Schritte auf der Treppe – die Mohammedaner drängten unter wildem Heulen nach dem Verdeck – Schüsse fielen.

Ein Handgemenge schien zu toben.

Einen Augenblick dachte ich daran, meine Brüder zu entflammen, den Mohammedanern zu Hilfe zu kommen. Aber ich besann mich rechtzeitig, dass die Bekenner Allahs mir ebenso fremd und unrein gelten wie die Weißen. Mögen die Götter sie beide vernichten!

Was hätten auch wir Unbewaffneten gegen die wohlgerüsteten Engländer ausrichten können? Und überdies: Verdient, wer erfolgreich lügt, härtere Strafe als der Tor, der *sich belügen lässt*?

Ich, als Hindu, habe tiefere Achtung vor dem Lügner als vor dem Belogenen – und ich glaube, auch ihr Weißen fühlt insgeheim gleich mir, denn weshalb löget ihr sonst so oft?

Da der Lärm über uns und auf der Treppe kein Ende nehmen wollte, so beschloss ich, mich persönlich von dem Stand der Dinge zu überzeugen. Vielleicht siegten die Mohammedaner und wir konnten aus der fremden Tapferkeit Nutzen ziehen?

Du siehst, ich fühlte schon ganz englisch.

Ich öffnete also die Türe – prallte aber sogleich zurück. Zwei englische Soldaten hielten mit gezücktem Revolver Wache vor der Tür. Dieser Posten stand fortan bei Tag und bei Nacht vor unserem Raum und hinderte jeden Verkehr zwischen uns und den Mohammedanern.

Seit der Meuterei der Mohammedaner glich das Schiff einem schwimmenden Zuchthaus.

Nur ein einziges Mal durften wir Hindus an Deck und das war am Tage nach jener Revolte. Unsere Offiziere ließen uns in Reihen von zwei und zwei antreten und trieben uns die Treppe hinauf.

Oben standen wieder die bewaffneten Engländer uns Unbewaffneten gegenüber – ganz wie damals auf dem Kasernenhof, als man uns zur »Nachtübung« auf das Schiff gebracht hatte.

Wie lange hatte ich den Himmel nicht mehr gesehen! Und wie hatte er sich verändert! Es war nicht mehr der liebe blaue Himmel Indiens, der luftige Wohnsitz der Götter, nicht mehr der süße Himmel, der wie der durchsichtige, zarte Schleier vor einem klugen Frauenantlitz ist – nein, es war ein schmutziges Tuch, das sich ein altes Weib vor das verrunzelte Gesicht gebunden hatte, ein trüber, dunstiger, missgelaunter Himmel.

Ein Himmel, der nicht hören und nicht sehen wollte, was nun geschah.

Denn nun trat ein Offizier vor und hielt eine jener Reden, in denen die Engländer Meister sind. Kein Volk der Erde versteht es so vortrefflich, gleichzeitig zu sündigen und sich moralisch zu entrüsten. Es gleicht einer Hure, die über den Kuss eines reinen Mädchens Zeter schreit. Einem bestochenen Richter, der einen hungrigen Brotdieb zum Pranger verurteilt. Und wenn die Engländer jemals der Göttin der Wahrheit einen Tempel bauen, so müssten sie ihr Standbild auf den Kopf stellen und ihr eine Schnapsflasche in die Hand geben.

Der Offizier sprach davon, dass die Mohammedaner den heiligen Eid, den sie dem König geleistet hätten, schmählich gebrochen hätten. Davon, dass ihnen dieser Eid unter lügnerischen Vorspiegelungen erpresst worden war, sprach er nicht.

Er sprach davon, dass die Engländer die väterlichen Freunde der Mohammedaner seien, und wie schändlich es sei, solche väterliche Liebe durch Meuterei zu lohnen. Davon, dass die Engländer gleichzeitig dem Sultan sein Land nehmen und es mit ihren Spießgesellen teilen wollten, sprach er nicht.

Er sprach davon, dass die Engländer blutenden Herzens die Mohammedaner für den gebrochenen Soldateneid strafen müssten, denn England sei der berufene Schützer des Rechts auf dieser Welt. Davon, dass sie, wie ich später hörte, verbündet sind mit den Meuchelmördern von Serbien und dem ehrenwortbrüchigen Zaren von Russland, sprach er nicht.

Es war eine lange Rede und sie enthielt fast mehr Lügen als Worte. Wir hörten sie an, wie man eben eine Rede anhört, wenn einem geladene Gewehre nach der Brust schielen, und beneideten die Möwen, die davonfliegen konnten.

Dann begann das Strafgericht. Die Engländer zählten aus den Reihen der Mohammedaner jeden zehnten Mann aus, zwangen ihn vor die Front zu treten und banden ihm die Hände auf den Rücken.

Auch den Alten, dem ich das Schreiben Abu-Kalibs ausgehändigt hatte, traf das Los. Wir suchten uns mit den Blicken, und wenn er die Augensprache verstand, las er von meinem Antlitz Worte, die – hätten die Engländer sie vernommen – unsere Familientradition wieder zu Ehren gebracht und mich am Galgen baumeln gemacht hätten.

Der Alte hob, als die Reihe an ihn kam, feierlich seine Hände den Stricken entgegen, und es sah beinahe aus, als segne er die Ketten, ehe sie ihn fesselten. Sie banden ihn so fest, dass sein Rücken noch gekrümmter war als sonst.

Und obgleich ich nicht gerne einen Menschen lobe, außer mich selbst, muss ich sagen: Dieses greisenhafte Männchen ging dem Tode mit einem Gleichmut entgegen, der jedem Hindu zur Ehre gereicht hätte.

Möge seine Seele sich auf ihren weiteren Wanderungen so weit vervollkommnen, dass die Götter sie in einigen Jahrtausenden würdig finden, in dem Leib eines Hindus, und sei es auch nur der untersten Kaste, zu wohnen.

Die Gefesselten wurden weggeführt, und uns trieb man wieder in unseren Stall zurück.

Kaum waren wir unten, da erschienen die Engländer bei uns, um unsere Habseligkeiten zu durchstöbern. Ja, wir mussten uns sogar nackt vor ihnen ausziehen, damit sie erführen, ob wir nichts Verdächtiges unter unseren Kleidern verborgen trügen.

Wie klug war der Rat des Alten gewesen, die Spuren des Siegels zu tilgen!

Die Engländer fanden nichts bei mir, außer zwei fremden Geldtäschchen. Und auch bei den anderen fanden sie nichts.

Wir lauschten, ob wir die Schüsse vernähmen, die die Seelen der gefesselten Mohammedaner wie Peitschenhiebe aus ihren Körpern treiben sollten – aber kein Schuss gellte.

Wahrscheinlich haben sie sie *gehenkt*, dachten wir.

Doch auch diese Vermutung war irrig. Die Todesstrafe wurde erst vollzogen, als wir an Land waren, als wir an einer Küste ausgeladen wurden, die sie Ägypten nannten.

»Wem gehört dieses Land?«, frugen wir.

»Es gehört uns Engländern.«

»Wieso?«

»Wir haben es uns genommen.«

»Mit welchem Recht?«

Da lachten sie und sagten, wir hätten keine Kultur.

Ich habe das Wort »Kultur« noch gar oft gehört und gelesen, aber ich bin mir trotz angestrengten Grübelns nicht klar geworden, was Kultur eigentlich ist? Kultur ist, wenn man Schulen baut, und Kultur ist, wenn man Kanonen baut. Kultur ist, wenn man den Frieden preist, und Kultur ist, wenn man den Krieg besingt. Kultur ist, wenn man die Armen speist, und Kultur ist, wenn man den noch Ärmeren ganze Länder raubt. Kultur ist, wenn man seine Religion ehrt, und Kultur ist, wenn man andere ihrer Religion abtrünnig macht.

Ich weiß nicht, was Kultur ist, aber ich bin stolz, wenn man mir sagt, ich hätte keine. Obwohl ich andererseits sage: Wenn die Engländer Kultur haben, dann haben auch wir Hindus welche!

Ich glaube, Kultur ist im Grunde nur eine der Ausreden, um welche die Weißen nie verlegen sind, wenn es gilt, für hässliche Dinge einen schönen Namen zu finden.

Jim Boughsleigh hatte mir versichert, Ägypten sei ein wunderschönes Land, aber ich merkte nichts davon. Ich fand, es sei eine sandige Wüste, in der es nachts so kalt war, dass ich bitterlich fror.

Und auch das erste Erlebnis, das wir dort hatten, war alles andere eher als wunderschön.

Wir wurden nämlich aus den Zelten, in denen man uns untergebracht hatte, herausgeholt, um der Hinrichtung der gefesselten Mohammedaner beizuwohnen. Man stellte sie auf einen Sandhügel und die Engländer schossen auf sie, bis keiner mehr lebte.

Der Alte war einer der ersten, die umfielen. Er krümmte sich zusammen, wie eine ersaufende Ratte, dann streckte er sich in einem kurzen Krampf und blieb so liegen.

Die Mohammedaner murmelten Gebete, während man ihre Brüder erschoss. Vielleicht war es auch etwas anderes, was sie murmelten.

»Bleiben wir in Ägypten?«, frug ich den Offizier, der uns in unsere Zelte zurückführte.

»Vielleicht!«

»Gibt es in Ägypten deutsche Dämonen?«

»Nein! Aber es nahen türkische Feinde!«

»Sind die Türken auch Dämonen?«

»Ja!«

»Verwandeln sie sich des Nachts auch in Frösche?«

Der Offizier sah mich groß an und gab mir keine Antwort mehr.

Vier Tage blieben wir in diesem Land. Und auf alle Fragen, die wir stellten, bekamen wir die Antwort »vielleicht«.

Eine bange Unruhe bemächtigte sich wieder unserer. Was hatten die Engländer mit uns vor? Würden sie auch unter uns ein Blutbad anrichten?

Ich konnte die Zukunft nicht erraten, aber jedenfalls war ich froh, dass ich in unserer Kompanie der *neunte* Mann war, und nicht der *zehnte*.

Um die Mittagsstunde des vierten Tages befahl mich der Colonel zu sich.

Ich grüßte ihn ehrerbietig und dachte mir das Gegenteil.

»Höre, Galgenstrick«, begann er, »du bist ein intelligenter Bursche! Du hast dich bisher als tapferer Soldat gezeigt!«

Das war mir neu. Aber ich dachte mir: Vielleicht hat es den Engländern imponiert, dass man bei mir zwei fremde Geldtäschchen gefunden hatte. Ich schwieg, denn man darf einem Vorgesetzten nicht ungefragt antworten, und wenn er noch so gräulichen Unsinn redet.

»Du bist tapfer, mein Junge«, wiederholte der Colonel, »und du sollst sehen, dass wir Engländer die Tapferkeit belohnen!«

Mich durchzuckte die Hoffnung: Vielleicht lässt er dich zur Belohnung nach Indien zurückkehren?

Aber der Colonel sagte: »Du bist hiermit zum Sergeanten befördert!«

Ich muss wohl, obwohl ich mich zu beherrschen weiß, ein etwas langes Gesicht gemacht haben, denn er fuhr fort: »Freust du dich nicht? Weißt du nicht, welche Vorteile es hat, Sergeant zu sein?«

Ich sagte: »Ich will nicht Sergeant sein!«

»Warum nicht?«, staunte er.

»Weil ich dann den anderen Befehle geben muss. Unter uns Hindus aber befinden sich einige Brahmanen, und es wäre eine unlösliche Sünde, wollte ich mir anmaßen, einem Brahmanen Befehle zu erteilen!«

»Dummes Zeug! In unserer Armee gibt es keine Kastenunterschiede, sondern nur Soldaten! – Wegtreten!«

Ich wandte mich zum Gehen; da er aber bemerkte, dass ich noch etwas auf dem Herzen hatte, rief er mich nochmals zurück und forschte: »Nun? Was ist dir noch rätselhaft?«

Ich nahm meinen Mut zusammen und sprach: »Ich habe beobachtet, dass Vorbereitungen zur Weiterfahrt getroffen werden. Wohin wird man uns bringen?«

»Das weiß ich noch nicht. – Hast du sonst noch etwas zu fragen?«

»Ja, Herr! Wir haben bisher nur weiße Vorgesetzte gehabt – weshalb werden nun auch aus *unseren* Reihen Vorgesetzte gewählt?«

»Weil in dem Lande, in das wir kommen, Offiziersmangel herrscht!«

Ich lauschte auf. Eben hatte er noch gesagt, er wisse nicht, wohin wir kämen, und jetzt sprach er von einem ganz bestimmten Land. Er log für einen Engländer recht schlecht.

»Wieso herrscht Mangel an Offizieren, Herr?«, frug ich listig. »Haben die Feinde so viele von ihnen getötet?«

Da wurde der Colonel sehr böse und schrie: »Rede keine Albernheiten!«

Er lief ein paarmal hin und her und lachte in ironischer Wut: »Na, das Fragen wird dir in Frankreich schon vergehen!« Und blieb so dicht vor mir stehen, als ob er mir die Nase zum Abbeißen anbieten wollte, und knurrte: »Ich sehe, du taugst doch nicht zum Sergeanten! – Scher' dich zum Teufel!«

So blieb ich wenigstens vor der Sünde bewahrt, mich über einen Brahmanen zu erheben.

Als ich wieder in unserem Zelte war, warf ich mich nieder und dankte Schiwa. Ich betete: »Beschütze mich in Frankreich und hilf mir, die deutschen Dämonen vernichten! Und wenn du mir gnädig sein willst, so lasse für jeden Deutschen, den ich töte, noch zwei Engländer umkommen! Lasse mich heil in meine Heimat zurückkehren! Wenn du aber meinen Tod beschlossen hast, so lasse mich auf dem Schlachtfeld sterben, lasse mich nicht in die Hände der deutschen Dämonen fallen, welche uns Hindus schlachten und verzehren! Wenn du aber auch dieses beschlossen hast, so mache, dass mein Fleisch giftig sei, damit der deutsche Dämon, der mich zum Frühstück frisst, qualvoll verenden muss! Lässest du mich aber leben, so will ich nach Benares zum heiligen Strom wallfahren, und alles, was ich inzwischen mit Hilfe der Götter stehlen werde, will ich dir opfern! Oder wenigstens einen Teil davon! Und bewahre mich vor Kultur und allen anderen Übeln!«

Damit war mein Gebet noch lange nicht zu Ende, aber mitten im Gebet kam plötzlich das Signal zum Aufbruch und wir wurden auf das Schiff gejagt.

Nicht alle Hindus waren so fromm gewesen wie ich, einige hatten sich zum Sergeanten befördern lassen, und mir quoll die Galle, als ich einem tief unter mir stehenden Wasserträger gehorchen musste.

Zu unserem Erstaunen wurden wir in dem Raum des Schiffes untergebracht, in dem bisher die Mohammedaner gehaust hatten. Die Mohammedaner aber blieben mit einigen englischen Offizieren zurück in Ägypten. Es hieß, sie seien nicht würdig, gegen die deutschen Dämonen zu kämpfen, aber ich denke mir, die Engländer fürchteten eine neue

Revolte. Wohin sie die Mohammedaner gebracht haben, weiß ich nicht. Aber sicherlich haben die wenigsten ihre Heimat wiedergesehen.

Der Schiffsbauch unter uns blieb leer. Aber nicht lange. Denn nach mehrtägiger Fahrt legten wir für ein paar Stunden an der Küste an und luden Menschen ein, wie ich noch nie hässlichere gesehen habe: tiefschwarze Neger.

Wir wollten zuerst gar nicht glauben, dass es Menschen seien, sondern hielten sie für Tiere. Aber man sagte uns, auch sie seien Verbündete der Engländer und Franzosen.

Seitdem hat sich meine Ehrfurcht vor den heiligen Affen stark vermindert, denn wer weiß, ob nicht auch die Affen heimliche Verbündete der Engländer sind.

Und weiter ging die Meerfahrt, immer weiter. Und immer kälter wurde es. Meine Brust schmerzte mich, ich spuckte Blut.

Wenn mir das in meiner Heimat passiert war, so hatte ich heiligen Kuhmist auf meine Brust gelegt. Hier aber, auf dem Meere, gab es dieses köstlichste aller Heilmittel nicht, und so wurde ich kränker und kränker.

Es kam auch einmal der Schiffsarzt zu uns herunter und sah mich an, und er wusste einen fremdländischen Namen für meine Krankheit, nämlich »Simulant«.

Wir alle froren jämmerlich, doch trösteten uns die Engländer: »Je weiter wir nach Norden kommen, desto wärmer wird es! Das ist ein Naturgesetz!«

Aber bei den Weißen scheinen nicht einmal die Naturgesetze etwas zu taugen.

Mister Galgenstrick hustete heftig.

»Bist du müde, mein Freund?«, frug ich. Er sah mich gereizt an. »Ich bin weder müde, noch bin ich dein Freund!«

Doch schien ihn diese Grobheit zu reuen, denn er meinte gleich darauf: »Aber ich hasse dich auch nicht. Du hast mir schöne Bilder gebracht.«

Ich wollte das elektrische Licht andrehen, denn es war düster geworden. Galgenstrick bat mich: »Tue es nicht! Öffne lieber das Fenster!«

»Das darf ich nicht, es ist kalt draußen. Die Kälte würde deine Krankheit verschlimmern!«

»Eben deshalb habe ich darum gebeten. Meine Seele lechzt danach, in einen anderen Leib überzugehen.«

Darauf konnte ich nichts erwidern.

Ich wartete, bis Mister Galgenstricks Mienen sich wieder glätteten und er zu erzählen fortfuhr:

Die Stadt, in deren Hafen wir nun anlegten, liegt in Frankreich und heißt Marzel. Geschrieben wird sie M-a-r-s-e-i-l-l-e.

Sie hat einen sehr schönen Hafen, in dem viele Schiffe lagen und auf das Ende des Krieges warteten. Es kommen immer mehr dazu, und als ich einmal einen englischen Kameraden frug, warum diese Schiffe untätig im Hafen ruhen, lachte er:

»Zur Hebung des französischen Außenhandels.«

Mir fiel überhaupt bald auf, dass in den Augen der Engländer ein leises Lächeln zuckt, wenn sie über Frankreich reden, und ich vermute, sie betrachten die Franzosen als eine Art weiße Hindus und lassen sie eine ähnliche Rolle in diesem Krieg spielen wie uns.

Die Franzosen sind kleinere Menschen als wir, aber sie sind viel lebhafter, sie gestikulieren heftig, und auch wenn man, wie ich, ihre singende Sprache nicht versteht, kann man meistens erraten, was sie meinen. Sie reden sehr viel und sehr schnell. Man sollte es kaum für möglich halten, dass die Frauen dort noch mehr sprechen als die Männer, aber es ist *doch* so.

Ich habe von ihrer Sprache nur drei Wörter behalten können, die ich oft hörte: »Oui«, »pardon« und »cochon«.

Bei unserer Einfahrt in den Hafen begrüßten uns die Schiffe mit lautem Jubel. Alle Schiffe hatten sich mit bunten Fahnen behängt, und ich glaubte zuerst, der Kaiser von Frankreich habe Geburtstag.

Später habe ich erfahren, dass es in Frankreich keinen Kaiser gibt, sondern nur einen Präsidenten, der aber auch nichts zu sagen habe, dass vielmehr jedes halbe Jahr ein neues »Ministerium« (ich weiß nicht, was das ist) gebildet wird, um das Gegenteil von dem früheren »Ministerium« zu tun, und dass man dies »Republik« nennt.

Geflaggt aber hatten die Schiffe und die ganze Stadt Marzel, weil eine große, günstige Entscheidungsschlacht stattgefunden hatte: Die Russen hatten die Deutschen bei den Masurischen Seen vernichtend geschlagen.

Im Hafen wurden uns unsere Waffen zurückgegeben und wir wurden durch die Stadt in die Kaserne geführt.

Dieser Einzug ist meine schönste Erinnerung an den Krieg. Die Menschen drängten sich auf den Straßen, Freude leuchtete von ihren Gesichtern, sie riefen uns jauchzende Begrüßungen zu, schwenkten Tücher.

Es war das einzige Mal, dass uns Hindus von den Weißen die Ehrfurcht bewiesen wurde, die uns gebührt.

Besonders begeistert begrüßten uns die Frauen. Sie warfen uns Kusshände zu und Blicke, für die jeder Hindu sein Weib totprügeln würde.

Während des Einmarsches geschah ein Wunder: Es fielen vom Himmel weiße Papierfetzen, die aber zu Wasser zerschmolzen. Die Europäer nennen sie »Schnee«. Ich hatte so etwas noch nie gesehen und fürchtete mich gewaltig. Allein man beruhigte mich: Dieser Schnee fiele jeden Winter, er sei ganz ungefährlich. Man sagte mir auch, man mache daraus Männer – aber das glaube ich nicht. Denn wenn die Weißen aus Schnee Menschen machen könnten, weshalb hätten sie dann uns Hindus und die abscheulichen Neger zu Hilfe holen müssen?

Aus allen Fenstern guckten Männer und Frauen, und aus einem Hause – du kannst dir meine Freude denken – schauten Hindus herab. Es war ein großes Gebäude, und von seinem Dache wehte eine große Fahne mit einem roten Kreuz. Genau, wie sie an dem Hause flattert, in dem ich jetzt liege.

Ich habe am nächsten Tage den Versuch unternommen, mit meinen Brüdern in diesem Hause zu sprechen, ihnen meine Schicksale zu erzählen und sie nach ihren eigenen Erlebnissen zu fragen. Ich fand auch nach vielem Suchen das Haus, aber man ließ mich nicht hinein. Ja, es wurde uns sogar ausdrücklich verboten, mit Verwundeten zu reden.

Heute kann ich mir dieses Verbot nur allzu gut erklären.

Sonst aber hatten wir in Marzel ziemlich viel Freiheit. Wir durften frei auf den Straßen gehen, durften uns alles betrachten. Die Leute von Marzel waren sehr freundlich zu uns, sie stopften uns die Taschen voll Zigaretten, schenkten uns wollene Decken und lachten herzlich, wenn wir uns in unserer, ihnen unverständlichen Sprache bedankten. Dass wir ihre Speisen nicht genossen, wussten sie bereits.

Einmal begegnete mir auf der Straße ein Zug von Menschen, denen eine Fahne vorausgetragen wurde, auf der ein weißes Weib in Waffen abgemalt war. Ich fragte einen Mann auf Englisch, wer diese Lady sei? Er antwortete mir in derselben Sprache, aber er sprach lange kein so reines Englisch wie ich.

Und ich erfuhr, diese Lady sei eine Jungfrau aus O-r-l-e-a-n-s (was wieder ganz verrückt ausgesprochen wird) und die Engländer hätten sie verbrannt.

Ich stimme sonst selten mit den Engländern überein, aber da musste ich ihnen vollkommen recht geben. Ein Weib, das die Vermessenheit hat, einem Manne gleichen zu wollen, gehört getötet. Jeder Hindu wird diese Ansicht teilen. Nur weiß ich nicht, weshalb die Engländer uns die Witwenverbrennungen verbieten, wenn sie selbst früher Weiber verbrannten?

Überhaupt scheinen die früheren Engländer viel vernünftigere Menschen gewesen zu sein als die heutigen.

Ein andermal kam ich an einem Laden vorbei, da waren Tiere ausgestellt. Auch eine große Schlange war dabei, die zusammengekrümmt in einem Glaskasten lag und schlief. Vielleicht träumte sie von ihrer Heimat?

Ich musste an Malatri, die Brillenschlange, denken und ein Schluchzen zog mir den Hals zu.

Oh Malatri, hätte ich dich hier gehabt, wie hätte ich dich streicheln und küssen wollen, meine glatte Freundin! Ich hätte dir meine Sehnsucht geklagt nach dem warmen Indien, und du hättest meine Sprache verstanden und mit mir getrauert!

Oh Malatri, warum bist du allein aus diesem Leben geflohen und hast mich nicht mitgenommen, der ich dein bester Freund war?

Ich wischte mir die Tränen von der Nase – da fiel mein verschleierter Blick auf ein kleines Glaskästchen, in dem auf einem Leiterchen ein grüner Frosch saß.

»Aha, ein gefangener Deutscher!«, sagte ich mir und ward wieder heiter.

Die ersten Tage gefiel mir Marzel über die Maßen, doch als meine Neugier gestillt war, nistete sich die Langeweile in meiner Seele ein und begann ihre Eier auszubrüten.

Daher rieten mir meine Kameraden, die Mittage in einem jener Häuser zu verbringen, welche die Weißen »Kaffeehaus« nennen. Aber dort war es noch langweiliger.

Ich weiß nicht, weshalb die Weißen diese Stätten aufsuchen, in denen sie ein Getränk trinken, das sie zu Hause sicherlich billiger, besser und in reinerer Luft bekommen; in denen sie Spiele spielen, bei denen sie ihr Geld verlieren und Streit miteinander bekommen; in denen zehn Menschen gleichzeitig Musik machen, und wenn man durch Händeklatschen seinem Missfallen Ausdruck gibt, erst recht nicht aufhören.

Vielleicht tun es die Weißen, um sich zu kasteien.

Am heftigsten empörte es mich, dass in diesen Stätten so viele *Frauen* herumsaßen, statt, von ihren Gebietern eingesperrt, zu Hause zu arbeiten und in harter Fron die Schmach, ein Weib zu sein, abzubüßen.

Aber ich habe ja schon gesagt, dass die Weißen nicht wissen, wie man eine Frau vernünftig behandelt.

Noch deutlicher sollte ich das erfahren, als ich an einem der nächsten Abende, an dem ich länger Urlaub hatte, in ein anderes Lokal ging, dessen Besuch mir die Kameraden empfohlen hatten.

Wir Soldaten genossen dort freien Eintritt, während alle anderen Menschen Geld bezahlen mussten, um in das Gebäude zu gelangen, das außen mit vielen farbigen Lichtern geschmückt war.

Zuerst kam man in einen großen Vorraum und dort gaben die Menschen ihre Hüte und die Mäntel ab. Ich dachte, sie würden sich vielleicht noch weiter ausziehen, aber das taten sie nicht.

Die Frauen, welche die Hüte und die Mäntel in Empfang nahmen, hatten zuletzt eine Unmenge von diesen Bekleidungsstücken, und ich begreife nicht, weshalb sie nicht im Laufe des Abends damit durchbrannten. Aber die Weiber haben ja keinen Verstand.

Aus dem Vorraum führte eine Treppe in einen weiten, hellerleuchteten Saal, in dem viele Tische standen.

Ein Mann, der ein merkwürdiges Kleid mit vielen Goldknöpfen anhatte, führte mich an einen Tisch und machte mir ein Zeichen, ich sollte mich hinsetzen.

Das tat ich, wenn auch widerstrebend. Denn ich hatte Angst, die Weißen würden wieder Musik machen – eine Befürchtung, die sich leider bald erfüllte.

Als ich mich umsah, stand der Mann mit den Goldknöpfen noch immer hinter mir und reichte mir ein bedrucktes Heft. Aus Gefälligkeit nahm ich es ihm ab – da wollte der freche Mensch Geld dafür haben, und ich gab ihm das Heft wieder zurück.

Ich betrachtete mir den Saal, in dem schon viele Leute und auch einige Hindus saßen, und mich interessierte besonders ein großes Tuch, das an der Wand vorne hing. Darauf war allerlei Geflügel gemalt, aber mit menschlichen Körpern.

Gerade wollte ich einen in der Nähe sitzenden Bruder fragen, in welchem Lande es solche geflügelte Menschen gibt und ob sie auch Eier legen, als plötzlich die Musik einsetzte. Und wenn bei den Weißen Musik gespielt wird, sind sie ruhig und reden nichts, und das ist der einzige Vorteil, den die weiße Musik hat.

Drei Stücke spielte die Musik, und es war sehr vorsichtig von den Musikern, dass sie versteckt saßen und man sie nicht sehen konnte.

Das mittelste Stück war die englische Nationalhymne, die von allen Leuten mitgesungen wurde und von mir auch, weil ich die Erfahrung gemacht habe, dass ich dann Zigaretten geschenkt bekomme.

In Bombay hatten sie eine ganz andere englische Nationalhymne gehabt als diese, welche lautet:

> It's a long way to Tipperary
> It's a long way to go.
> It's a long way to Tipperary,
> To the sweetest girl I know.
> Good-bye, Picadilly!
> Farewell, Leicester Square!
> It's a long, long way to Tipperary,
> But my heart's right there!

Ich weiß nicht, wo Tipperary liegt und wer der Herr Picadilly ist, zu dem man in dieser Nationalhymne »Adieu« sagt, noch weiß ich, wer die Frau Leicester Square ist, zu der man »Lebewohl« sagt, ich weiß nur, dass mir dieses Lied vorkommt wie ein großer Blödsinn. Und ich verstehe nicht, dass die Engländer so eine dumme Nationalhymne singen, wenn sie in die Schlacht ziehen, um andere für sich kämpfen zu lassen.

Nach dem dritten Musikstück wurde es finster und das große Bild mit den Geflügelmenschen rollte sich bis zur Decke in die Höhe.

Und da sah ich, dass hinter dem Bild noch ein großer erleuchteter Raum war, in dem ein Wald gemalt war. Ich freute mich und dachte, vielleicht kommen jetzt Affen in den Wald.

Aber es kamen sechs französische Ladies und die Leute machten »Ah«, weil sie so alt waren.

Die Ladies hatten englische Uniformen an, nur an den *Beinen* hatten sie keine Uniform.

Und sie sangen auf Englisch ein Lied: Dass sie die tapferen Highländer wären und alle deutschen Barbaren töten würden, und sie stocherten dabei mit den Beinen in der Luft herum, und ich glaube wirklich, dass kein Deutscher diesen Anblick hätte ertragen können.

Die Leute gerieten denn auch in eine schreckliche Begeisterung und schwenkten die Taschentücher und schrien minutenlang. Leider aber wurden sie wieder ruhig, so dass die Ladies weitersingen konnten.

Und sie sangen eine zweite Strophe, die hatte denselben Inhalt wie die erste.

Und dann eine dritte, die hatte denselben Inhalt wie die zweite.

Und immer warfen sie dabei ihre Beine in die Luft und ich muss zugeben: Das war eine Leistung in ihrem Alter.

Dann kamen die Geflügelmenschen wieder herunter und gingen noch ein paarmal in die Höhe, damit die Ladies Kusshände werfen konnten, und es wurde wieder hell.

Ich war sehr ärgerlich über diese Ladies. Noch zorniger aber war ich über eine französische Miss, die am Nebentisch saß und ununterbrochen zu mir herüberlächelte und ihre Augen verdrehte. Wenn ich Malatri, die Brillenschlange, bei mir gehabt hätte, hätte ich sie auf dieses Weib losgelassen.

Sie muss irgendeiner Kaste angehört haben, denn auch sie hatte sich mit roter Farbe bestrichen – allerdings nicht auf der Stirn, wie wir Bekenner Schiwas, sondern auf den Backen.

Als die Miss sah, dass ich auf ihre Blicke aufmerksam wurde, lächelte sie noch freundlicher und fragte etwas in ihrer unverständlichen Sprache. Ich wollte freundlich sein, und antwortete das eine der drei französischen Wörter, die ich weiß, nämlich »Oui!«.

Da stand sie auf und setzte sich an meinen Tisch und begann, Süßigkeiten zu knabbern.

Nun steigerte sich meine Wut noch erheblich: Wie kann eine Frau sich unterstehen, in Gegenwart eines Mannes zu essen, und auch noch an demselben Tisch! Eine Hindufrau hätte nie den Mut dazu.

Zum Glück klingelte es in diesem Augenblick und die Geflügelmenschen flogen wieder an die Decke.

Diesmal waren drei Männer in dem Wald, die machten auf Leitern Turnkunststücke. Es war nichts Besonderes, jeder indische Gaukler kann es besser, aber ich war ihnen dankbar, dass sie wenigstens dabei nicht sangen.

Auch die französische Miss neben mir fing an zu turnen, indem sie immer näher an mich heranrückte. Sie hatte ein Taschentuch in der Hand, das roch nach verwelkten Blumen. Und weil sie nicht aufhörte zu schwatzen und die Augen zu verdrehen, sagte ich das zweite französische Wort, das ich weiß, nämlich »Pardon!«.

Darüber lachte sie herzlich, zeigte mir ihre Zähne, von denen die meisten aus Gold waren, und streichelte meine Hand.

Nun wollte ich nicht unhöflich sein und sagte das dritte französische Wort, das ich weiß, nämlich »Cochon!«.

Da wurde sie noch röter, als sie angestrichen war, und ließ meine Hand los, stand wütend auf und ging fort.

Ich sah ihr verdutzt nach, denn gerade hatte sie angefangen, mir besser zu gefallen.

Aber ich machte mir weiter kein Kopfzerbrechen über den Fall. Ich sah noch eine Weile zu, was die Männer in dem Wald anstellten, und dann ging ich fort.

Auf dem Wege zur Kaserne erblickte ich an einer Straßenecke einen Menschenauflauf, der sich um einen weißen Zettel drängte, welcher an einer Tafel hing.

»Was bedeutet dies, Herr?«, frug ich einen englischen Soldaten aus der Menge.

Er drehte sich um und ich bemerkte, dass er sich in dem heiligen Zustand befand, den ich so oft an Jim Boughsleigh beobachtet hatte.

»Stütze mich, Junge!«, sagte er und hängte sich in meinen Arm. Und im Weitergehen, wobei er mich bald nach rechts, bald nach links zog und manchmal nach beiden Seiten zugleich ziehen wollte, erklärte er mir: »Ein Telegramm! In der Hauptstadt der deutschen Barbaren macht das Volk aus Hunger Revolution!«

Er freute sich kindisch über diese Neuigkeit, und wenn ich ihn nicht festgehalten hätte, hätte auch er mit den Beinen in die Luft gestochert.

Mich aber beschlich bittere Traurigkeit ob der Nachricht. Hungersnot! Also hatten die Deutschen schon alle Hindus in ihrem Lande aufgefressen!

Und ich, statt meine Brüder zu rächen, war noch immer in Marzel.

Oh, wie ich diese deutschen Dämonen hasste! Oh, wie sehnte ich mich nach dem Augenblick, wo ich den ersten von ihnen unter meinem Messer hätte!

Nach allem, was ich gehört hatte, waren die Deutschen nichts anderes als wilde Tiere, blutgierige Dämonen, die auszurotten eine Pflicht, eine Wohltat für die Menschen sein musste!

»Mögen alle Deutschen unter den grässlichsten Folterqualen zugrunde gehen!«, knirschte ich.

»Brav, Junge«, lallte der Tommy an meinem Arm torkelnd. »Hol' sie der Teufel und seine Großmutter!«

Er hob die rechte Hand, beschrieb damit einige Kreise in der Luft, was ihm aber nur halb gelang, weil seine Hand anders wollte als sein Kopf, und schrie heiser: »Zerschmettern werde ich sie – alle schlag' ich sie kaputt – so!!« Und wenn ich ihn nicht gehalten hätte, wäre er vor lauter Begeisterung der Länge nach hingeschlagen.

Plötzlich aber ging – wie das im heiligen Zustand öfters vorzukommen pflegt – sein Heldenmut in Rührung über, er fing an zu schluchzen, hing sich an meinen Hals und heulte:

»Braunes Vieh, du bist der einzige wahre Freund! Gib mir einen Kuss! Stinktier! – Oh, wär ich doch zu Hause geblieben! Was liegt mir an dem ganzen, verfluchten Krieg! ... Küsse mich, Rabenaas!«

Und dabei streckte er mir seine gespitzten Lippen entgegen. Weil ich aber den Kopf zurückzog, verlor er das Gleichgewicht, stolperte und fiel zu Boden.

»Ich bin erschossen!«, schrie er. »Eine Kanone hat mich durchbohrt!«

Nur mit großer Mühe gelang es mir, ihn aufzuheben. Ich lehnte ihn an die Wand eines Hauses. Er blieb eine Minute mit geschlossenen Augen stehen, dann überkam ihn wieder die Tapferkeit.

»Wo ist ein Deutscher?«, grölte er, und diesmal überschlug sich nur seine Stimme, nicht mehr er selbst.

»Es ist keiner da!«, beruhigte ich ihn.

»Das ist sein Glück! – Komm, gehen wir weiter! Führe mich, braune Kanaille!«

Ich zog ihn fort.

Ich hätte ihn am liebsten allein gelassen, aber er klammerte sich so fest in meinen Arm, dass ich ihm nicht entkommen konnte.

»Ich muss dir ein Bild zeigen«, erklärte er plötzlich. »Ein Bild, was sie für Halunken sind, die Deutschen! Lehne mich an die Laterne, mein Junge!«

Als seinem Wunsche willfahrt war, kramte er in den Taschen herum und suchte das Bild. Er warf zuerst den Inhalt seiner rechten Hosentasche auf das Straßenpflaster, dann den Inhalt der linken Hosentasche. Mit einem Mal schien ihm eine Erleuchtung zu kommen, er nahm seine Mütze ab und holte aus dem Futter eine Ansichtskarte.

»Da!«

Ich nahm die Karte und betrachtete sie: Sie zeigte eine Fotografie, unter der in Englisch und zwei anderen Sprachen stand: »Deutsche Soldaten verteilen Brot an hungrige Belgierkinder.«

Fragend sah ich den Tommy an.

Er riss mir die Karte aus der Hand, wobei er um ein Haar wieder mit dem Erdboden Bekanntschaft gemacht hatte, glotzte sie groß an und grinste: »Das ist die falsche! Das ist eine ... von den Karten ..., die die deutschen Flieger ... heruntergeschmissen haben ...!«

Das Sprechen fiel ihm schwerer und schwerer. Er sprach, als ob er zwei Zungen im Munde hätte.

»Wie?«, entsetzte ich mich. »Die Deutschen können *fliegen*?«

Und es lief mir eiskalt über den Rücken.

Ach, nun konnte ich mir das Bild auf dem Vorhang deuten: Die Geflügelmenschen waren Deutsche gewesen!

Der Tommy hatte meine Frage überhört; er hatte eine neue Karte aus dem Mützenfutter gekramt, und diesmal war es die richtige: »Deutsche Soldaten erschießen einen fünfjährigen Knaben, nachdem sie ihm die Ohren abgeschnitten haben!«

Ich brüllte vor Wut laut auf, als ich dieses Bild sah. Oh, diese deutschen Dämonen – wie lechzte ich nach ihrem Blut!

Weshalb stellte man uns ihnen noch nicht gegenüber? Wie lange sollten wir unseren Hass noch bezähmen?

»*It's a long way to Tipperary*«, begann mein Begleiter zu singen, »*it is a long –*«, bums, da krachte es.

Der Tommy war den Laternenpfahl abwärts geglitten und saß nun auf dem Pflaster.

»Steh auf«, rüttelte ich ihn. »Du musst in die Kaserne!«

Mit Anstrengung öffnete er seine Augen zu einem unsicheren Blinzeln. »*Good bye, Picadilly* …«, grunzte er, ließ den Kopf sinken und schnarchte.

»Steh auf!«, wiederholte ich dringlicher. »Du wirst bestraft, wenn du zu spät in die Kaserne kommst! Bedenke, dass du ein Soldat des Königs von England bist, Herr!«

»Der König von England soll mir den Buckel herunterrutschen!«, brummte er im Halbschlaf und streckte sich der Länge nach auf dem Pflaster aus.

Da überließ ich ihn seinem heiligen Zustand und eilte allein der Kaserne zu.

Er hatte mich lebhaft an Jim Boughsleigh erinnert. Sein Charakter hinterließ mir einen Nachgeschmack von faulen Eiern, und seine Taschenuhr ging so sehr nach, dass ich sie am nächsten Abend wegwarf.

Vor der Kaserne und im Hof herrschte, obwohl es schon eine Stunde vor Mitternacht war, noch lebhafte Bewegung. Geschütze wurden hin und her gefahren, nachgeprüft, Pferde wurden untersucht, – ich wusste, was dies zu bedeuten hatte, und Freude erwärmte mein Herz: Endlich, endlich setzten wir zum Sprung an auf die Kehlen der deutschen Dämonen.

Kleine, rollbare Instrumente fesselten meine Aufmerksamkeit.

»Was ist das?«, bat ich um Belehrung.

»Maschinengewehre.«

»Was wird mit diesen Maschinen hergestellt?«

Und ich erfuhr, dass man mit dieser Waffe mehrere Hundert Menschen in der Minute töten kann.

»Haben auch die Deutschen solche Maschinengewehre?«

»Nein! Überhaupt sind sie kläglich bewaffnet und es fehlt ihnen schon lange an Munition!«

Der weiße Soldat, der mir diese Auskunft gab, hatte sicherlich geglaubt, mir damit Mut und Angriffslust zu schärfen. Darin täuschte er sich. Ich will lieber mit einem Gegner kämpfen, der ebenso stark bewaffnet ist wie ich, als mit einem Schwächling. Ich wünsche mir männliche Feinde, die mich zwingen, alle meine Kräfte anzuspannen, auf der Hut zu sein und das Höchste zu leisten, dessen ich fähig bin. Ein Kampf mit Unfähigen entehrt den Sieger ebenso, wie eine Disputation mit geistig Unterlegenen verdummt.

Übrigens scheinen die Franzosen ihre Maschinengewehre als heilige Gegenstände zu verehren, – sonst würden sie sie doch nicht mit Vorliebe auf *Kirchtürmen* aufstellen.

Bald genug bewahrheitete sich meine Vermutung, dass unser Aufbruch nahe bevorstünde. Aber wie so anders als unser Einzug in Marzel spielte sich die Abfahrt ab.

Beim Einzug Jubel, Jauchzen, Tücherschwenken – bei der Abfahrt weinende Frauen, jammernde Kinder, Gesang, der wie Schluchzen klang.

Wir Hindus verstanden diese Traurigkeit nicht. Hatten die Weißen keine klugen Väter, die sie lehrten, wie mich der meine: »Lerne lachen, wenn es dir weh ums Herz ist, und lerne weinen, wenn du vor Heiterkeit tanzen möchtest!«

Oder glauben diese törichten Weißen, durch Tränen das Schicksal in seinen Entschlüssen wankend machen zu können? Das Schicksal hat lange vor deiner Geburt dein Leben in allen Einzelheiten vorausbestimmt, und es hat dir einen kostbaren Talisman gegeben gegen alle trüben Erlebnisse: die Gleichgültigkeit. Die Weißen halten sich für zu wichtige Wesen.

Ich hatte gedacht, wir würden wieder in das Schiff verladen werden, aber diesmal wurden wir in Eisenbahnwagen verpackt. Man sollte es gar nicht glauben, wie viel Menschen in so einen Eisenbahnwagen hineingehen. Hatten wir uns in dem Schiffsbauch gefühlt wie die Heringe in einer Tonne, so glichen wir jetzt eher dem Sekt in einer Flasche, und wenn jemand unvermutet die Wagentüre geöffnet hätte, wären wir mit einem lauten Knall herausgequollen, wie der Sekt aus der entkorkten Flasche.

Viele Wagen zählte der Zug, und es fuhren außer uns Hindus noch mit: Franzosen, Engländer und die hässlichen Neger.

»Wohin fahren wir, Herr?«, frug ich einen Sergeanten.

»Ich weiß es nicht!«

»Werden wir viele Tage unterwegs sein?«

»Ich weiß es nicht!«

Da wandte ich ihm den Rücken und sagte zu meinen Beinen »Gute Nacht«, denn sie fingen an einzuschlafen.

Eine Militärkapelle, die längs der Wagen des Zuges aufgestellt war, setzte mit einem Marschlied ein. Mitten durch den Lärm der Musik gellte ein Pfiff der Lokomotive, wir wurden wild durcheinandergeworfen – der Zug fuhr.

»Oui, pardon, cochon!«, flüsterte ich vor mich hin. »Lebewohl, Marzel, du warst eine schöne Stadt! Und wenn man die Weißen aus dir hinauswerfen und dafür Hindus ansiedeln könnte, würdest du noch gewinnen! Wie hat mich dein Schmutz angeheimelt! Lebewohl, auch du, Schlange in dem Glaskasten, adieu Marzel!«

Betrachte auch du, Herr, den Lokomotivpfiff als ein Zeichen zum Aufbruch und lasse mich nun allein! Ich bin müde.

Lächelnd über diesen eleganten Hinauswurf erhob ich mich.

Öfter als einmal hatte ich an diesem Mittag in den Augen Mister Galgenstricks jenes durchtriebene Leuchten drollig-naiver Spitzbüberei beobachtet, das mir bei meinem ersten Besuche aufgefallen war. Kein Zweifel: Galgenstrick hatte in Marseille auch einige Abenteuerchen erlebt, die er mir *verschwieg*. Ganz so eisern, wie er sich dessen rühmte, hatte er sein Mienenspiel doch nicht in der Gewalt.

Ich setzte mich zu Hause an meinen Schreibtisch, legte mir die Notizen und Manuskriptpapier zurecht und griff in meine Rocktasche, um mir die gewohnte Arbeitszigarette anzuzünden, da – ja, zum Kuckuck, wo war denn mein Zigarettenetui?!

»Anna!«

»Gnä' Herr?«

»Sehn Sie doch mal nach, ob im Mantel meine Zigaretten stecken!«

Nach einer Pause, in der ein Stabsarzt ein halbes Regiment eingehend auf seine Felddiensttauglichkeit hätte untersuchen können, brachte mir Fräulein Anna den Bescheid:

»Im Mantel is fei' nix!«

»'s is gut!«

Teufel, wo war mein Etui hingeraten? Es wird doch nicht am Ende …, aber nein, pfui, so etwas von Galgenstrick zu denken! Wir Weißen sind wirklich schlechte Kerle!

Vormittags telefonierte Dr. Heßberg an.

»Jawohl?«, begrüßte ich ihn.

»Jawohl und da hört sich einfach alles auf! Wie kannst du dich unterstehen, einem schwer lungenkranken Patienten Zigaretten zu schenken!! Bist du denn ganz von Gott verlassen?«

Also doch! Hatte mir der ... der ... na, wählen wir mal einen milden Ausdruck: der *Bazi* mein Etui geklaut! Aber ich konnte es doch nicht übers Herz bringen, diese Missetat Dr. Heßberg zu verraten.

»Er hatte mich so flehend um ein paar Zigaretten gebeten«, log ich, »ich konnt's ihm nicht abschlagen!«

»Und die Folge ist, dass er heute Nacht einen schweren Anfall hatte! Zum letzten Male sage ich dir's: Wenn du noch ein einziges Mal –«

»Und wie geht's deiner Frau?«

»Schluss!«

Dr. Heßberg klingelte ab. Wieder einmal war ich für fremde Sünden gescholten worden. »Das Schicksal will es so«, dachte ich amüsiert, frei nach Galgenstrick. »Und wenn das Schicksal etwas will, kann man nichts dagegen machen!«

Aber ich nahm mir doch vor, dem Mister Galgenstrick klarzumachen, dass er meine Rocktaschen außerhalb des Bereiches seiner Weltanschauung zu lassen habe. Ich überlegte mir auf dem Weg ins Lazarett eine Rede, und, wie es mit meinen meisten Reden geht, ich kam nicht dazu, sie zu halten.

Denn ich fand Galgenstrick in einem so erbärmlichen Zustand, dass ich ihm kein böses Wort sagen konnte.

Seine kecken Augen hatten einen fiebrigen, hysterischen Glanz, seine Hände, seine »geschickten« Hände zitterten auf der Bettdecke.

Auf dem Nachttischchen stand eine Medizinflasche, die ich noch nie bemerkt hatte, und neben der Flasche lag friedlich – mein Zigarettenetui.

Ich öffnete es: Zigaretten waren keine mehr darin, wohl aber ein kleiner Zettel, auf dem in ungelenker Bleistiftschrift stand: »*Excuse, Sire.*«

Diese echt Galgenstrickische Art der Bitte um Verzeihung versöhnte mich auf der Stelle. Die Angelegenheit war erledigt.

Ich steckte das Etui in die rückwärtige Hosentasche und frug: »Hast du schlecht geschlafen, Galgenstrick? Dein Aussehen gefällt mir nicht.«

Er nickte eifrig. »Ich habe während der Nacht kein Auge geschlossen; sooft sich der Gott des Schlafes niederbeugte, meine Wimpern anzuhauchen, scheuchten ihn meine rastlosen Gedanken zurück. Sie kläfften ihn an, bis er sich nicht mehr zu nähern wagte und mich wehmütigen Blickes meinen wachen Träumen überließ.«

»Und worüber hast du denn so erregt nachgedacht, Galgenstrick?«

Er zuckte fröstelnd zusammen, strich sich die Bettdecke dichter an den Leib und sprach ernst: »Ich habe versucht, mir Sätze zurechtzulegen, in denen ich dir meine weiteren Erlebnisse berichten könnte. Aber es wollte mir nicht gelingen, die Geschehnisse zu ordnen, ratlos stehe ich ihnen gegenüber: Wie die Perlen einer zerrissenen Kette liegen die Ereignisse wirr zerstreut vor meiner Erinnerung, und ich weiß nicht, ob es mir gelingt, sie wieder aneinanderzureihen. Ich habe zerstückelte Menschen gesehen und friedlich schlummernde Leichen; ich habe verzweifelte Schreie gehört und Gebete, die über jeden Schmerz triumphierten; ich habe brennende Dörfer gesehen und Stätten des Trostes – aber all diese Töne und Bilder verschmelzen in meinem Gedächtnis zu Formlosigkeit. Der Eindrücke, der neuen Gesichte waren zu viele ...«

Er hatte mehr zu sich selbst gesprochen als zu mir. Nun schwieg er, und seine erhitzten Augen starrten ins Uferlose.

Plötzlich hob er seine Hände, ballte sie gegen einen unsichtbaren Feind und ließ sie langsam wieder sinken. Dann legte er die Mittelfinger der rechten Hand auf die mittleren Finger der linken Hand und beschrieb mit geschlossenen Augen jenes Zeichen, das ihn der Mohammedaner gelehrt hatte.

Ich hatte den Eindruck, als handle er in Bewusstlosigkeit, als führe er Reflexbewegungen aus.

Doch dem war nicht so. Denn, als sei nichts geschehen, öffnete er nun die Augen, wandte sich mir zu und sagte:

»Ich will dir erzählen, so gut ich es vermag.«

Ich konnte mich eines leisen Schauers nicht erwehren, eines Schauers, wie ich ihn einmal bei den Produktionen eines Willenskünstlers empfunden habe, der es fertiggebracht hatte, sich selbst in hypnotischen Schlaf zu versenken und selbst wieder zu erwecken.

Kannst du, Herr, es nachempfinden, wie einem Vater zumute sein muss, der sich innig bemühte, seinen Sohn in seinem Geiste und aufgrund seiner Erfahrungen zu einem guten Menschen zu erziehen, und der nun ansehen muss, wie der Sohn in schlechte Gesellschaft gerät, deren leichtsinnigen Ratschlägen er williger folgt als den gereiften Mahnungen des Vaters?

Armer Vater, vergeblich rufest du dein Kind zur Umkehr: Schon ist es zu weit entfernt, deine Stimme zu hören. Vergebens hoffst du, es werde den Kopf zurückwenden, deine verzweifelte Gebärde sehen und in einer Wallung der Liebe an deine Brust zurückeilen!

Wie einem solchen Vater erging es mir, Sahib, als ich zu erleben verurteilt war, wie die Hindus im Verkehr mit den Weißen abtrünnig wurden den Gebräuchen der Heimat, der Rasse. Ich habe dir schon erzählt, dass einige von uns sich hatten zu Sergeanten befördern lassen, und ich will hinzufügen, dass noch mehrere den Versuchungen anheimfielen, die in Marzel lockten: Sie gaben sich mit weißen Frauen ab, ja, was noch schlimmer ist, sie aßen sogar Speisen, die nicht nach unseren Gebräuchen zubereitet waren.

Ach, Herr, und auch ich war so schwach, mich unterjochen zu lassen von einer Begierde, die mir fremd gewesen war: Von der Sucht nach jenem brennenden Dämon, der mir zum ersten Male aus Jim Boughsleighs Whiskyflasche entgegengegrinst hatte.

Ich verlangte nach diesem betäubenden Gift, als ich frierend, hustend und blutspeiend in dem stickigen Eisenbahnwagen eingepfercht saß, durch dessen Fugen und Türspalten der eisige Wind kroch. Auf manchen Stationen machte der Zug halt, fremde Menschen betrachteten uns neugierig, riefen uns Aufmunterungen zu – die wir aber bald genug nicht mehr beantworteten. Einige Male hielten wir auch stundenlang auf offenem Felde, inmitten von Schneegestöber. Keiner wusste, warum. Es war uns auch gleichgültig.

Ich verlangte nach dem Flaschendämon, als man uns in einem fremden Orte auslud, durch ein verlassenes Dorf trieb, eine endlose Landstraße entlang, auf der uns Soldaten, Kanonen, aber auch abgehärmte Frauen, halberfrorene Kinder begegneten.

Ich verlangte nach dem Dämon, als wir endlich, todmüde, unsere erstarrten Glieder in einer Kirche auf den Boden strecken durften, um wenige Stunden zu schlafen. Und meine Brüder hätten mich fast geprügelt, weil ich durch mein Husten den Gott des Schlafes verjagte.

Da ich in meiner Brust tausend spitze Dolche spürte, erhob ich mich, um im Dorfe nach heiligem Kuhmist zu suchen, dass meiner Krankheit Linderung werde.

Aber vor der Türe stand ein Posten, der mich mit grimmigen Scheltworten zurücktrieb. Und im gleichen Augenblick begann ein wildes Schießen nach dem nächtlichen Himmel.

»Wollt ihr die Sterne herunterschießen?«, frug ich verwundert den Posten.

»Ruhe! Mach', dass du in deinen Stall kommst!«, fauchte er mich an.

Ich aber ließ mir Zeit, die Ursache des seltsamen Schießens zu erkunden, in das sich nun deutlich auch Kanonendonner mischte.

Da sah ich hoch am Himmel einen Lichtschimmer sich bewegen, ein kleines Licht mit einem grauen Riesenleib, der surrend knurrte.

Nie noch habe ich ein so furchtbares Lufttier gesehen, nie einen so schreckenerregenden Dämon. Oh, ich verstand, dass sich die Franzosen und Engländer vor diesem Ungetüm fürchteten, das sie »Zeppelin« nannten. Es soll furchtbare Kugeln ausspeien, die Brand und Verwüstung zeugen.

Als ich in die Kirche zurücktrat, umringten mich meine Brüder, und ich erzählte ihnen, was ich gesehen hatte.

Wir warfen uns zu Boden, beteten zu Schiwa und Wischnu, dass sie diesen Luftdämon vernichten mögen, und mit ihm die deutschen Dämonen! ...

Am Morgen wurden wir weitergetrieben, immer weiter nach Norden. Etliche von uns fielen um, erschöpft vor Kälte und Hunger, und wir durften ihnen nicht helfen. Mögen die guten Götter sich ihrer Seelen erbarmt haben!

Und mit unserer Mühsal wuchs unser Hass gegen die Deutschen. Immer neue Schandtaten dieser Dämonen erfuhren wir durch unsere Vorgesetzten.

Einmal begegneten uns Wagen, die waren mit roten Kreuzen bemalt. Sie waren dicht verhängt, so dass wir den Inhalt nicht sehen konnten, aber wir hörten aus ihrem Innern Stöhnen, Schreien und Wimmern.

Und unser Colonel sagte: »Das haben die deutschen Barbaren verschuldet, die den Krieg mitten im Frieden angefangen haben! Und deshalb müssen sie vernichtet werden!«

»So sind es *deutsche* Dörfer, die ringsum brennen?«

»Ja, wir sind mitten in Deutschland! In der Provinz Brandenburg!«

Ich wollte ihn fragen, warum in Deutschland die Bauern alle Französisch sprechen – aber ehe ich den Mund öffnen konnte, geschah etwas Entsetzliches: Unter heulenden Fistelstimmen ging ein Regen von dicken Eisenstücken auf uns nieder, die sich beim Anprall auf die Erde in glühende, feuerspeiende Teufel verwandelten.

Der Colonel griff sich nach dem Kopf, taumelte nach vorne und blieb, mit dem Gesicht in den Schnee fallend, bewegungslos liegen. Wildes Geschrei erhob sich, wir stoben auseinander, und wenig hätte gefehlt, dass wir uns in der sinnlosen Verwirrung gegenseitig mit unseren Messern angefallen hätten. Über die am Boden sich krümmenden Körper hinweg rannten wir instinktiv zurück – heraus aus der Hölle, deren Dämonen uns heulende Eisenbälle nachschleuderten.

Hinter einem Hügel sammelten wir uns wieder.

Wir Hindus sprachen kein Wort. Ich dankte dem Schicksal, das mich behütet und aufbewahrt hatte, meine Brüder zu rächen.

Die Weißen flüsterten aufgeregt miteinander. Manche von ihnen schrieben Briefe und Karten an ihre Frauen und gaben sie sich gegenseitig.

An wen hätte *ich* schreiben sollen? ...

In der Nacht führte man uns in einem großen Bogen gen Westen. Lautlos stapften wir über den gefrorenen Schnee; die Sterne, die in Indien so gütig blicken können, starrten mit feindseliger Kälte auf unseren Zug herab, der sich in Windungen vorwärtsschob – einer riesigen Malatri vergleichbar.

Und diese aus zitternden Menschen gebildete Schlange kroch über Hügel, durch Schluchten, wälzte sich über zugefrorene Bäche und Flüsse. Wir Hindus wurden ungeduldig: »Weshalb treibt man uns in der Irre umher, statt uns den Feinden gegenüberzustellen?«

Die Engländer gaben uns zur Antwort: »Nur noch ein Weilchen! Dann wird euer Wunsch erfüllt. Wir meinen es gut mit euch, deshalb kommt ihr in die vorderste Reihe, wo es am ungefährlichsten ist; wir aber bleiben waghalsig weiter rückwärts.«

Und so geschah es auch.

In die vorderste jener Erdfurchen, die sie »Schützengräben« nennen, legten sie uns Inder. In einer Frostnacht, die uns die Glieder schier zu steifen Stäben fror, lösten wir die Franzosen ab, die bisher in dieser

Furche gehaust hatten. Lautlos, als gälte es einen Einbruch, wechselten wir die Plätze.

Und da lagen wir drei Tage, durften kein wärmendes Feuer entzünden und warteten vergeblich, dass uns die Engländer den versprochenen Reis nach vorne brächten.

Eisenkugeln flogen über unsere Köpfe hinweg – wir beachteten sie nicht mehr.

Ich war so matt, dass ich im Stehen stundenlang schlief. Einmal weckte mich der raue Gesang jenes Liedes, das ich einst in Bombay hatte aus dem Gefängnis singen hören, jenes seltsamen Liedes, das ich für ein religiöses halte und das mit den Worten beginnt: »Deutschland, Deutschland über alles.«

»Sind die Deutschen so nahe?«, frug ich einen Sergeanten.

»Sie liegen fünfzig Meter von uns im Schützengraben.«

Ich weiß nicht, wie weit fünfzig Meter sind, aber es muss eine geringe Strecke sein.

Konnten wir doch auch den Dunst gekochten Fleisches bis zu uns herüber riechen.

»Haben denn die Deutschen etwas zu essen? Ich dachte, sie litten Hungersnot?«

»Das tun sie auch! Sie essen Ratten und Mäuse und zwingen die gefangenen Hindus, gleichfalls diese Tiere zu essen!«

Ich stierte ihn entsetzt an. »Ehe ich solch unreines Fleisch esse, sollen sie mir alle Glieder einzeln vom Leibe reißen!«

»Das werden sie sowieso tun, wenn du in ihre Hände fällst! Sie martern alle Gefangenen zu Tode!«

»Und fressen sie dann, ich weiß es!«, schloss ich das Gespräch.

Ich war überzeugt, dass es nicht der Dunst von gebratenen Ratten war, der zu uns herüberdrang, sondern der Geruch gerösteter Hindus. Der gutmütige Sergeant hatte mir nicht die ganze schreckliche Wahrheit sagen wollen ...

Wieder hatte mich die Erschöpfung überwältigt. Der Kopf war mir auf die Brust gesunken. Ich träumte:

Durch die Straßen Bombays wandelte ich an der Seite meines Vaters. Um seinen Hals baumelte ein Hanfstrick, aber er achtete dessen nicht, sondern sprach liebevoll mit mir und ich hörte wieder seine Worte: »Der Menschen Schicksal ist den Göttern nur ein Würfelspiel.« Wir kamen an dem Regierungspalast vorbei und von seinem Türmchen herab wehte eine blutrote Fahne. Auf der Fahnenstange aber kauerte Abu-Kalib, der Mohammedaner, und weinte und klagte: »Armer Freund!« Und er machte das geheime Zeichen, und ihm gegenüber, auf einer Palme, hockte ein heiliger Affe und ahmte das Zeichen nach. Ich lachte hellauf und drohte dem klugen Tier – aber da war es kein Affe mehr, sondern eine große Whiskyflasche, in der Jim Boughsleigh gefangen saß. Und er jammerte: »Oh, mich is schlecht, very hundsmiserabel schlecht is mich!« Da hob ich einen Stein auf, um ihn nach Jim Boughsleigh zu werfen. Aber nicht der Stein flog, sondern ich selbst, denn ich war einer der Geflügelmenschen geworden, die ich in Marzel auf dem bemalten Tuch gesehen hatte. Und ich flog über die Stadt hinweg und landete in Ägypten. Da stand das Tierspital, das bisher in Bombay gewesen war, und jene Dame aus Marzel saß an der Pforte und rief: »Malatri hat nach dir verlangt, sie will dich sprechen!« Und da kam auch schon Malatri durch ein Loch in der Türe gekrochen und hatte vier große Beine bekommen und –

Ich fuhr empor. Dicht über mir, am Rande des Schützengrabens, stand ein riesenhafter Mensch und schlug mit dem Gewehrkolben nach mir. Ich schleuderte meinen vergifteten Dolch gegen seine Kehle, sprang aus dem Graben und rannte durch ineinander verbissene Menschenknäuel laut schreiend geradeaus.

Frage mich nicht, was ich sah, noch was ich hörte. Ich kannte mich nicht aus, achtete nicht, wer Feind, wer Freund war, ich schoss um mich, lief, warf mich hin, sprang wieder auf, riss das Bajonett von meinem Gewehr, um es als Messer zu gebrauchen, und – spürte plötzlich einen Schlag gegen meine Achsel, der mich umwarf.

Ein Mensch stolperte über mich, fasste meinen Hals, würgte mich – ich verlor die Besinnung.

Ich weiß nicht, wie lange meine Seele sich von mir getrennt hatte. Waren es Stunden, waren es Tage – nur Schiwa vermag es zu sagen.

Sie kehrte wieder in demselben Augenblick, als zwei Hände mich bei den Beinen packten. Ich wollte mich aufrichten, aber ein stechender Schmerz in der Achsel drückte mich zu Boden. Und die tausend Dolche in meiner Brust waren glühend geworden und verbrannten mich von innen heraus.

»Wer bist du?«, fragte ich den Weißen, der meine Beine gepackt hatte, auf Englisch. Er war ein jugendlicher Mann, ich erkannte es trotz seines Vollbartes. Um den Arm trug er eine Binde mit einem roten Kreuz.

»Wir sind deine Freunde!«, antwortete eine englische Stimme mir zu Häupten. Erschrocken wandte ich unter Schmerzen meinen Kopf und gewahrte hinter mir einen zweiten Mann, der dasselbe Abzeichen trug und sich eben anschickte, mich unter den Schultern zu fassen, um mich mit Hilfe seines Begleiters auf eine Tragbahre zu legen.

Ich griff nach einer Waffe – aber keine war im Bereich meiner Hände zu finden.

»Lasst mich liegen«, ächzte ich. »Was wollt ihr von mir?«

»Wir sind deine Freunde!«, antwortete jener wieder und rief seinem Kameraden einige unverständliche Worte zu.

Ein heißer Schreck durchflutete mich. Welche Sprache redeten die beiden? – War es Deutsch?

Ich riss meine Beine, die der eine von Neuem gepackt hatte, strampelnd los.

»Seid ihr Deutsche?«, entrang es sich mir stöhnend.

»Ja, das sind wir. Nun aber schweige, sei vernünftig und lasse dich von uns wegtragen!«

»Nein!«, schrie ich auf und wälzte mich in dem blutigen Schnee. »Nein! Ihr wollt mich fressen! Ich will nicht geschlachtet werden! Lieber will ich hier verenden wie ein wundes Tier! Berührt mich nicht!«

Die beiden sahen sich kopfschüttelnd an. Sie sprachen wieder in ihrer fremden Sprache, und ich suchte, angstgepeinigt, in ihren Mienen ihre Absichten zu lesen. Hätte ich einen Revolver gehabt, ich hätte sie erschossen.

Schließlich zuckte der eine die Achseln, sie beugten sich nieder, hoben mich mit eisernen Griffen auf die Bahre und trugen mich hinweg.

Ich brüllte: »Ihr Dämonen, Hunde, ihr wollt mich zerstückeln! Aber ich esse euer unreines Fleisch nicht! Seid verflucht! Lasst mich los!«

Und ich spuckte meinen blutigen Auswurf nach ihnen. Aber sie ließen sich nicht irremachen.

Ach, ich war zu schwach, mich ernstlich zur Wehr zu setzen. Meine Gedanken verwirrten sich wieder, und meine Seele nahm von Neuem Abschied von meinem gefolterten Leibe. - - -

Als ich die Augen aufschlug, fand ich mich in einem großen halbdunklen Zelt, auf einer Bahre liegend. Um mich herum standen ähnliche Bahren und auf jeder lag ein Mensch. Die Luft war von ungekannten, bitteren Düften erfüllt.

Ich hob den Oberkörper, um besser sehen zu können, fiel aber sogleich unter wildem Schmerz in mich zusammen. Was war mit meiner Brust geschehen? Ein dicker Verband lief von der Achsel um Arme und Brust. Wer hatte mich in diese Tücher eingeschnürt?

Langsam kam mir die Erinnerung und mit ihr das atemlose Entsetzen: Du bist bei den Deutschen, sie wollen dich schlachten ... man hebt dich hier mit anderen Hindus für das Opferfest auf ... eine Speisekammer lebender Menschen.

Ich versuchte mich mit meinem Nachbarn zur Rechten zu verständigen, indem ich ihn leise anrief.

Er wandte langsam den Kopf nach mir – ich sah in ein weißes Gesicht.

Furchtbar: So fraßen also die Deutschen auch *weiße* Menschen!

Als ich die glanzlosen Augen auf mich gerichtet sah, vergaß ich schier meine eigenen Schmerzen.

»Leidest du sehr, Herr?«, lallte ich.

Der Weiße, der mein Englisch nicht verstand, wandte den Kopf wieder weg von mir und wimmerte kaum hörbar.

Ich hörte Schritte und entdeckte nun im Halbdunkel zwei Männer in weißen Kitteln, die mit einer ähnlich gekleideten Frau von Bahre zu Bahre gingen. An jeder Bahre blieben sie eine Weile stehen, aber ich konnte nicht unterscheiden, was sie machten.

Als sie sich mit meinem Nachbarn zur Rechten beschäftigten, sprachen sie mit ihm in deutscher Sprache. Das nahm mich wunder – woher kannte der kranke Engländer die Sprache der Barbaren?

Nun standen sie bei mir.

Die Frau – es war eine Krankenschwester – schob ihren Arm unter meinen Rücken, um sanft meinen Oberkörper aufzurichten.

Wütend biss ich nach ihr.

»Artig sein!«, sagte der eine Arzt mahnend zu mir. »Wir tun dir nicht weh!«

»Bist du ein Engländer?«, forschte ich.

»Nein, ein Deutscher. Aber hier gibt es keine Völkerunterschiede mehr, sondern nur noch Kranke, denen wir helfen wollen. Du siehst hier auf den Bahren Freund und Feind, Weiße und Farbige –«

»Du lügst!«, schrie ich – aber ich dämpfte sogleich meine Stimme, denn die Anstrengung des Schreiens zerriss mir die Brust. »Du lügst!«, wiederholte ich jämmerlich. »Ihr wollt mich töten! Feige Bestien!«

Der Arzt sprach mit seinem Berufsgenossen einige Sätze in deutscher Sprache. Wahrscheinlich überlegten sie, ob sie Gewalt anwenden sollten.

Schließlich gingen sie mit der Schwester zum nächsten Kranken, ohne mich angerührt zu haben.

Ich lag, dumpf vor mich hinstarrend, und wenn sie nicht meine Arme fest in den Verband mit eingewickelt gehabt hätten, hätte ich mir die Tücher abgerissen. Lieber verbluten, als mich zu Tode foltern zu lassen.

Eine Weile später kehrte die Schwester an meine Bahre zurück, einen dampfenden Teller in den Händen tragend.

»Jetzt wollen sie dich zwingen, verbotenes Fleisch zu essen!!«, durchzuckte es mich, und ich biss die Zähne zusammen.

Mochten sie mir sie mit Eisenzangen auseinanderreißen, wenn sie konnten!

Aber – oh wundersame Überraschung – der Teller war angefüllt mit gekochtem Reis. Und die Schwester beugte sich zu mir nieder und gab mir mit dem Löffel zu essen, wie eine Mutter ihr Kindchen füttert. Und jeden Löffel des heißen Reises blies sie zuvor.

Ich verschlang heißhungrig die willkommene Nahrung.

Die Schwester lächelte und frug auf Englisch: »Siehst du, dass wir es gut mit dir meinen?«

Ich musterte sie misstrauisch und gab ihr keine Antwort.

»Willst du nicht deinen Verband erneuern lassen? Es wird deine Schmerzen lindern!«, frug sie weiter. Ihre ruhige Stimme tat mir wohl. Aber wer weiß, vielleicht wollte sie mich nur in Sicherheit lullen.

»Nein!«, erwiderte ich rau. »Ich will keine Wohltaten von euch deutschen Barbaren!«

Bei dem Worte »deutsche Barbaren« trat eine Träne in ihre Augen. Doch sie erhob keinen Vorwurf, geduldig wischte sie mit einem Tuch die Speisereste von meinem Mund und wandte sich anderen Kranken zu.

In meiner fiebernden Brust stritten sich die Gefühle. Ich sagte mir: Du darfst den Deutschen nicht trauen, sie sind deine Feinde, und du hast so viel Schändliches von ihren Sitten gehört, dass du sie verabscheuen müsstest, auch wenn nur die Hälfte davon wahr wäre. Gleichzeitig empfand ich, dass sich diese Krankenschwester nicht verstellt hatte und dass die Güte, die aus ihrer Stimme leuchtete, ein Abglanz ihrer *Herzensgüte* war.

Weshalb hatten mir die Deutschen Reis als Labe gereicht, da es doch hieß, sie spotten unserer Speisegesetze?

War es Absicht, war es Zufall?

Ich beschloss, auf der Hut zu sein und doppelt streng zu beobachten.

Als die Nacht herannahte, machten die Ärzte abermals die Runde. Und wieder forderte mich der eine in englischer Sprache auf, meinen Verband erneuern zu lassen. Aber ich ließ mich nicht von ihnen anfassen.

Die Krankenschwester frug mich, ob ich schlafen könne?

Obwohl ich fühlte, dass der Gott des Schlafes mich vergessen werde, bejahte ich doch diese Frage. Denn ich wusste: Nun musste bald die Stunde gekommen sein, in der sich die Deutsche in Frösche verwandelten.

Als sich die Schwester mit einem guten Wunsche entfernt hatte, fasste ich den kranken Deutschen, der mir zur Rechten lag, scharf ins Auge.

Oh, ich wollte gut aufpassen! Es sollte mir nicht entgehen, wie er zum Frosch zusammenschrumpfte!

Immer dunkler ward es, immer kälter, es musste schon um die elfte Nachtstunde sein – und der Deutsche hatte noch immer Menschengestalt.

Ich war nicht der einzige Wachende im Lazarett.

Ich hörte, wie sich Kranke fiebernd hin und her warfen, hörte Husten und Röcheln, hörte raschelnde Schritte von Wärtern, und einige Male, wie Wasser in Gläser gegossen wurde.

Vor allem aber hörte ich, wie der frostige Nachtwind an den Zeltwänden riss und sie pfeifend peitschte.

Es musste Mitternacht sein – und noch immer hatte sich der Deutsche nicht in einen Frosch verwandelt.

Er schlief unruhig, heiser atmend, murmelte im Traum aufgeregte Worte, und ich unterschied mehrmals ein Wort, dessen Bedeutung ich damals noch nicht kannte, das Wort: »Mutter«.

Ist es nicht wundersam, dass das erste deutsche Wort, das ich in mich aufnahm, das Wort »Mutter« war?

Zuletzt überwältigte mich die Ermattung und ich entschlummerte.

Und ich erwachte mit der Gewissheit: Die verruchten Engländer haben dich schmählich belogen! Die Deutschen sind keine bösen Dämonen ...

Nein, Herr, ihr seid keine Dämonen; ich erfuhr es aus euren Reden und mehr noch aus euren Taten!

Ich erfuhr es, als wenige Tage später das Lazarett zu unserem Entsetzen beschossen wurde und ihr nicht an eure eigne Sicherheit dachtet, sondern zuerst an die Rettung der Kranken.

Ich erfuhr es, als ihr mich mit euren derben, guten Händen in den Eisenbahnwagen trugt, der mich in diese Stadt brachte.

Und wenn ihr auch nur Weiße seid, voll von törichten Vorurteilen wie alle Nicht-Hindus, und mich mit euren Arzneien heilen wollt, statt mit heiligem Kuhmist – ich hasse euch nicht und bete zu Schiwa um euren Sieg!

Mister Galgenstrick machte eine lange Pause.

Ich betrachtete ihn ergriffen. Denn so gleichgültig uns auch das Lob eines Hindus sein kann, mich erwärmte doch die naive Bewunderung dieses Naturkindes, das durch alle seine verschrobenen Vorstellungen hindurch die Reinheit deutschen Wesens ahnte.

Plötzlich nahm Galgenstrick meinen Arm, zog mich zu sich nieder und flüsterte mir ein Geheimnis ins Ohr: »Ich glaube nicht, dass die Götter mir das Leben lassen. Wenn sie es mir aber gnädig vergönnen, in diesem Leibe weiter zu wohnen, so will ich von Neuem kämpfen! Aber nicht mit euren Feinden gegen euch – sondern mit euch gegen die Engländer! Versprich mir, dass du mir dazu verhelfen wirst!«

Ich hätte ihm sagen können, dass wir Deutschen keine wilden Völkerstämme in unsere Reihen aufnehmen, dass wir diese »Kulturerrungenschaft« neidlos unseren Gegnern überlassen – aber ich wollte den Kranken nicht durch Widerspruch erregen.

So machte ich eine Geste, die er sich nach Belieben als Bejahung oder Verneinung auslegen mochte.

Er lächelte befriedigt und ich schied von ihm mit dem Bewusstsein, ihm eine belebende Hoffnung hinterlassen zu haben, die seine Genesung beschleunigen würde.

Zwei Tage blieb ich dem Lazarett ferne, beschäftigt mit der Überarbeitung von Galgenstricks Erzählungen.

Am dritten Tage besuchte mich Dr. Heßberg.

»Ei, welch eine seltene Ehre! Hab' ich schon wieder einen Verstoß gegen deine Verordnungen begangen und, deiner gestrengen Ansicht nach, mich gegen Mister Galgenstricks Heilung versündigt?«

Dr. Heßberg tat einen kräftigen Zug aus seiner Zigarre, blies langsam den Rauch in die Luft und sprach einfach: »*Mister Galgenstrick ist tot.*«

Ich trat erschrocken einen Schritt zurück: »Was sagst du da? Mister Galgenstrick ist –?«

»Tot!«

Wir setzten uns.

Dr. Heßberg dampfte wie ein Fabrikschornstein, ein Zeichen, dass er tief erregt war.

Ich schloss die Augen und sah im Geiste Mister Galgenstrick vor mir, fühlte seinen spitzbübisch-naiven Blick.

»Schade«, murmelte ich, »schade um den armen Teufel.«

Mein Freund richtete sich vorwurfsvoll auf. »Es sterben in unseren Lazaretten Leute, um die es tausendmal mehr schade ist!«

»Da hast du natürlich recht – aber dennoch ...«

Dr. Heßberg zerbröckelte ärgerlich seine Zigarre. »Scheußliches Kraut – gib mir eine von deinen Echten!«

Ich erhob mich und bot ihm die Zigarrenkiste an.

Umständlich nahm er sich einen Glimmstengel, zündete ihn an, schmauchte befriedigt und sagte: »Er ist friedlich gestorben. Bewusstlos hinübergedämmert ... Dank einigen Morphiumspritzen ... Aber die Stunden vorher« – er machte eine abwehrende Handbewegung – »sprechen wir nicht davon! ... Ich hätte es übrigens voraussagen können. Die linke Lunge total kaputt und die rechte in einem bejammernswerten Zustand! ... Na, Gott hab' ihn selig!«

»Schiwa!«, verbesserte ich, wehmütig lächelnd.

– – Armer Mister Galgenstrick! Du hast die Heimat nicht wiedersehen dürfen. Unter fremden Menschen bist du gestorben, ein Opfer englischer Habgier.

Nicht der größten Opfer eins. Aber dennoch schienen mir deine Erlebnisse interessant genug, sie aufzuzeichnen und in das grelle Licht der Öffentlichkeit zu stellen.

Ich habe nichts hinzugefügt, nichts weggelassen. Und so will ich, indem ich Abschied nehme von dir, die Feder mit einem Ausruf in *deinem* Sinne aus der Hand legen, indem ich sage:

»Will es das Schicksal, so wird deine Lebensgeschichte nachdenkliche Betrachtungen in den Lesern wecken; will es das Schicksal anders, so werden mir die Leser diese Blätter mit unfreundlichen Urteilen lohnen; wie es aber auch das Schicksal fügen mag, *mir ist beides recht!*«

Der Sanitätsdackel

Der Held dieser Geschichte ist ein Privatier. Keiner von den Privatiers, die in einem Automobil elegant durch die Straßen fahren und jeden neuentdeckten unechten Raffael kaufen – oh nein, ein solcher Privatier ist unser Held nicht.

Für die Automobile hat er gar nichts übrig: »Mir war's genügend! Hört's mir auf mit dö Stinkdroschken, dö elendigen!« – und Gemälde interessierten ihn erst recht nicht. Nicht als ob er keines besessen hätte! Gewiss besaß er eines und das hatte er sogar eigenhändig dem Maler weggenommen, weil der Haderlump die Miete nicht bezahlen wollte.

»Wie hieß er doch gleich, der Maler? Mit ›F‹ fing er an – wart's amal an Moment, wie hoaßt er do' glei'? – Na, also halt so ein norddeutscher Kunstmaler. Ein schönes Bildl war's, lauter echte Ölfarbe, und ein nacketes Fräulein stellte es dar. Sauber, sag i Eahna, sauber! Ja, mei Liaber, auf die nacketen Weibsbilder, da verstehen sich die Herren Kunstmaler *besser* als wie auf's Mietzins-Zahlen.«

Da es mir schon herausgerutscht ist, dass unser Held und Privatier Hausbesitzer ist, so will ich auch gleich sagen, wo sein Haus steht. In Schwabing. Eines von den modernen, solid gebauten Häusern: Wenn einer im Parterre niest, wackeln im vierten Stock die Kronleuchter. Und wenn du einen Nagel in die Wand schlägst, kannst du das ganze Zimmer neu streichen lassen. Aber dafür ist ein Lift vorhanden, mit dem man fahren kann, wenn er nicht gerade in Reparatur ist. Er ist aber immer in Reparatur.

Halt, dass ich die Zentralheizung nicht vergesse! Das ist was Praktisches, so eine Zentralheizung: Wenn du's recht gemütlich kalt haben willst, brauchst du nur den Hebel auf »Warm« zu stellen.

Dies ist also das Haus des Herrn Privatier Joseph (sprich Pepi) Bröselmeier, und mit Recht steht im Münchner Adressbuch hinter seinem Namen das stolze Wort »Realitätenbesitzer«.

Pepi Bröselmeier ist ein vielbeneideter Mann.

Im Schweiße seines Angesichtes hat er sich durchs Leben geerbt. Als er zwanzig Jahre alt war, starb sein Vater – da hörte er auf zu arbeiten. Gerad' als er anfangen wollte! Als er das sechsundzwanzigste Jahr erreicht hatte, starb seine Mutter – da hörte er auf, seine Mitmenschen zu grüßen. Und als er in das dreiunddreißigste Jahr hineinschwebte, starb seine Tante Mali – da hörte er auf zu denken.

Die gute Tante Mali! Achtzigtausend Mark hat sie ihm hinterlassen, die alte Bisgurn, die schiache! Dass mir keiner ein schlechtes Wort über sie sagt!

Seitdem füllte Pepi Bröselmeier seine Zeit damit aus, für seine Gewichtszunahme zu sorgen und seine Mieter zu schikanieren. Auf zweiundfünfzig Lebensjahre und einen Meter siebzig Taillenweite hat er's schon gebracht.

Und kein Mensch auf Gottes schönem Erdboden imponierte ihm. Von keinem weiblichen Engel hatte er sich unterjochen lassen – »Heiraten? Dass i net rutsch'!« – höchstens zwickte er einmal väterlich eine Kellnerin dorthin, wo die Münchner Kellnerinnen vor Erfindung der Brotkarte einen Beutel voll »Hausbrot« und »Semmeln hab i net« zu tragen pflegten.

Aber doch gab es ein Wesen, dem Pepi Bröselmeier bedingungslos untertan war, und das war »Bim«, sein Dackel.

»Dackel« ist eigentlich zu viel gesagt. Man nennt die Rasse richtiger und wohltönender »Promenadenmischung«. Die Füße waren ja soweit ganz echt – wenn's nur nicht gerade hätt' ein *Dackel* sein sollen. Wäre »Bim« der Hund eines literarisch gebildeten Menschen gewesen, so hätte er vielleicht in lyrischen Stunden vor sich hin gebellt:

Vom Mopserl hab' ich die Statur,
Vom Fox das Kokettieren,
Vom Dackerl nur die Frechnatur
Und Lust, nie zu parieren.

Ja, in Bims Stammbaum müssen schreckliche Eheirrungen vorgekommen sein! Überhaupt schon der Name Bim! Ein *echter* Dackel heißt nach uralter Münchner Tradition entweder »Waldl« oder »Maxl«. Aber Bim …!

Kam Pepi Bröselmeier zum Frühschoppen in den »Franziskaner«, so sagte die Kellnerin: »Oh, dös liabe Viech! Da geh her, goldig's Mopserl!«

Kam er zum Mittagessen ins »Bürgerbräu«, so sagte die Kellnerin: »Und an extraschönen Knoch'n hab' i aa reserviert, für Eahneren Foxl!«

Und abends, am Stammtisch, im »Augustiner«, sagte die Kellnerin: »Weil's d' nur grad wieder da bist, Schnauzerl!«

Das Infamste aber war damals im Hofgarten passiert, als er seinen Hund frei herumlaufen hatte lassen – »freili, anbinden wer' i's, dös arme Dackerl!« – und einen polizeilichen Strafbefehl über drei Mark gekriegt hatte, wegen »Freilaufenlassens eines Rattenpinschers«.

Damals hatte er ein Eingesandt an die Zeitung geschickt, ein Eingesandt – na, Aufsehen hätt's gemacht, wenn sie's veröffentlicht hätten.

Aber sie haben's nicht veröffentlicht. Vielleicht weil's zu lang war. Vielleicht auch weil er den Hundeaufseher darin einen »geselchten Affen« genannt hatte.

Ha, die Redakteure! Die reinen Kunstmaler san's!

Und einen Menschen, der solchene Eingesandts schreiben konnte, tyrannisierte Bim, der Dackel, obwohl er kaum den zehnten Teil so viel wog als sein Herrle (einschließlich Hundemarke).

Denn was ist des Menschen Wille gegen den Willen eines Dackels?

Hundertmal schon hatte der Hausarzt zu Herrn Bröselmeier gesagt: »Herr Realitätenbesitzer, Sie sollten sich mehr Bewegung machen! Das viele Fett ist nicht gut für Ihr Herz, Herr Realitätenbesitzer! Mehr zu Fuß gehen sollten S' halt, Herr Realitätenbesitzer!«

»Moanen S' wirkli?«, hatte Pepi gefragt. »Alsdann wer' i halt umanandlaufa wie a Heuschreck'n!«, und heimlich hatte er sich gedacht: »Den Buckel steigst ma 'nauf, Medizinlackel, damischer!«

Und hatte sich auf der Trambahn ein Jahresabonnement genommen.

Aber was der Hausarzt trotz eindringlicher Ermahnung und gesalzenster Rechnungen nicht erreicht hatte, das vollbrachte Bim, der Dackel, ohne ein Wort zu reden, ohne mit seinem Mopsschwanzerl zu wackeln. Denn in der Münchner Trambahn ist das Mitnehmen von Hunden verboten, und so musste Herrle Bröselmeier die Riesenstrecken Schwabing–Franziskaner, Franziskaner–Bürgerbräu, Bürgerbräu–Augustiner, Augustiner–Schwabing keuchend zu Fuß zurücklegen.

Ja, er musste jeden Weg mindestens dreimal wandeln, denn Bim hatte die selbstherrliche Gewohnheit, im Zickzack zu traben. Bald interessierte ihn weit vorne irgendeine Hundesensation, und er sauste plötzlich davon, dass sein Herr unter Atembeschwerden und völlig zwecklosen »Bim, da gehst her!«-Rufen ihm nachstürzen musste – bald fiel es Herrn Bim plötzlich ein, dass er eine Straßenecke zu beschnuppern vergessen hatte und er machte kehrt, lief dreißig Meter zurück, beschnüffelte das Eckhaus einmal, zweimal, um dann – nun ja, a Viech is halt a Viech!

Manchmal auch überkam ihn die Philosophitis, er setzte sich mitten auf die Straße, versank in Nachdenken und war durch keinerlei Zureden zum Weitergehen zu bewegen.

Natürlich hätte Herr Bröselmeier in solchen Fällen von seinem Spazierstock mit dem Hirschgeweihgriff, der wie beinahe echt aussah, Gebrauch machen können, aber nein: »An am wehrlosen Tier wer' i mi vergreif'n, – i bin do' ka Russ!«

So lebten Bim als Gebieter und Herr Bröselmeier als folgsamer Untergebener friedlich zusammen – bis der Weltkrieg auch diese Harmonie zweier schöner Seelen jäh zu zerstören drohte.

Der Krieg. Anfangs fand ihn Pepi Bröselmeier ganz schön. Er hielt es für ganz in der Ordnung, dass sich andere Leute totschießen ließen, damit er ruhig seinen Frühschoppen weiter trinken konnte. Er schaffte sogar für sein Haus eine Fahne an und überließ es der Hausmeisterin, sie nach Gutdünken herauszuhängen oder einzuziehen. Aber bald kamen die Beschwerden.

Mit einem Herrn im Zylinder fing es an. Der kam eines Morgens um acht Uhr, wenn ein anständiger Bürger noch im Bett liegt, und klingelte. Er müsse den Herrn sprechen.

Bim bellte, wie nur der Hund des *Hausherrn* bellen darf, und Herr Bröselmeier schlüpfte missmutig in seinen Schlafrock, machte Toilette, indem er einmal schnell mit der Hand durch die Haare fuhr, schlüpfte in die Pantoffeln – »Jessas, wo hat dös Hundsviech wieda den anderen Pantoffel hi'bracht?!« – und schlürfte in den Salon, wo das nackete Fräulein hing von dem Maler, der wo mit »F« anfängt.

Und was wollte der Zylindermann? Herr Bröselmeier möchte doch in den Wohlfahrtsausschuss seines Bezirkes eintreten, der Herr Weckerlbacher sei auch drin und es sei doch ein guter Zweck und –

Er warf den Mann hinaus. »Geht nöt, geht beim besten Willen nöt! I hab koa Zeit, i bin Privatier!«

Nicht als ob unser Held ein hartes Herz gehabt hätte. Gewiss nicht. Nur keine Arbeit durfte man nicht von ihm verlangen. Oh, er tat auch was für die Armen! In der Zeitung in der öffentlichen Massenquittung über freiwillige Spenden, stand's deutlich zu lesen:

N. N. 100 Mk., Gott lohne es 250 Mk., Jeder nach seinen Kräften 75 Mk., Joseph Bröselmeier, Realitätenbesitzer 5 Mk., Ungenannt 100 Mk.

Die zweite Unannehmlichkeit, die ihm der Krieg bescherte, war die peinliche Erfahrung, dass mehrere Mieter um Nachlass baten. Und da zeigte es sich, dass Pepi doch kein Unmensch war: Denen, die's nötig hatten, ermäßigte er die Miete großmütig. »Ja, ja, is scho' recht! Wann Ihr Mann aus'm Krieg hoamkommt, nachher gilt aber wieder der alte Mietpreis! Nix z' danken, Frau Huber, nix z' danken!«

Die dritte Unannehmlichkeit war die Wut über den Hindenburg. Jawohl, die Wut über den Hindenburg. Ist das vielleicht ein Benehmen von diesem Mann, eine so höfliche Ansichtskart'n überhaupt nicht zu beantworten? Dem einbeinigen Hausierer im »Augustiner« hatte er die Karte abgekauft, ein Mann war drauf abgemalt, der aus dem Spundloch eines Bierfasses trank und darunter stand »Nur koa Wasser net« – und so eine Postkarte ließ der Hindenburg einfach unbeantwortet!

Pepi Bröselmeier gab der Hausmeisterin den strengen Befehl, bei keinem der Hindenburg-Siege mehr zu flaggen. Das war seine Rache.

Nein, der Kriegszustand war nicht schön. Der Krieg wurde immer länger und die Weißwürscht' immer kürzer. Das einzig Erfreuliche war, dass sie, ganz im Anfang, den Riedingerfranz, den er schon lange nicht leiden konnte, am Stachus elendig zusammengehaut hatten, weil er irrtümlicherweise für einen Spion gehalten worden war.

Das Schlimmste aber – doch nein, das muss ich ausführlich erzählen. »Du, Pepi, da musst schon in dein' Beutel langen und ein Büllett kaufen«, hatte einer seiner Stammtischkumpane gesagt und ihm gleich ein Drei-Mark-Billett hingelangt. »Es ist zum Besten von die Verwundeten! In die ›Vier Jahreszeiten‹! Mit einem extra-igen Programm! Also ruckst halt raus mit dei'm Taler!«

Was war da zu machen? Der Pepi ruckte den Taler heraus und ging am nächsten Abend in die »Vier Jahreszeiten«.

Alles, was wahr ist, es war ein extra-iges Programm.

Zuerst hat ein Herr Klavier gespielt, so schön wie ein Athlet hat er gespielt. Zum Sterben fad ist es dem Pepi Bröselmeier vorgekommen, und er hat sich gewundert, dass der Hausherr von den »Vier Jahreszeiten« das erlaubt hat.

Aber Prinz Ludwig Ferdinand war auch da und hat fest applaudiert. Er hat doch ein guat's Herz, der Ludwig Ferdinand. Und da haben der Pepi und die anderen Leut' auch geklatscht.

Dann ist eine Sängerin gekommen.

Sie hat zwar einen Kropf gehabt, aber jodeln hat sie doch nicht können.

Sondern er war nur zur Verzierung da, der Kropf.

Aber dann! Oh, das war drei Markl wert! Dann kam ein Herr und hat einen Vortrag gehalten mit Lichtbildern. Über die Sanitätshunde.

Der Pepi hat nur grad so gestaunt.

Das Herz ist ihm aufgegangen. So gescheite Hunde! Ja, sollt man's denn für möglich halten? Pepi Bröselmeier geriet in Ekstase. Das ist ja großartig mit den Sanitätshunden! Ja, dafür würde er auch was stiften! Fünf Mark, zehn Mark, – ach was, Pepi, sei kein Geizkragen: zwanzig Mark, jawohl, zwanzig Markln!

Der Pepi war ganz begeistert. Und er ist gleich Mitglied vom Verein für die Sanitätshunde geworden.

Und wie er beim Herausgehen seinen Bim an der Garderobe wieder in Empfang genommen hat, da hat er ihn noch zärtlicher angeschaut als sonst, und hat ihn liebevoll gepatscht und hat gesagt: »Ja, dö Viecherln! So a Bim is g'scheiter als wiar i!« Und da hat er recht gehabt, der Herr Realitätenbesitzer.

Aber unterwegs, auf dem Weg zum Stammtisch, fiel unserm Pepi ein Satz aus dem Vortrag ein, ein Satz, der ihn schon in den »Vier Jahreszeiten« gegiftet hatte, und seine gute Laune schmolz merklich zusammen. Was hatte der Herr Redner gesagt? »Am besten eignen sich zum Sanitätshund die deutschen Schäferhunde!«

War das nicht eine Beleidigung für seinen Bim? Glaubte der obergescheite Herr im Frack vielleicht, die Dackeln sind dümmer als wie die *langhaarigen* Hunde? War net übel! Ein so ein gescheites Tier als wie einen Dackel gibt es überhaupt keins mehr in dieser Zoologie!

»Gelt, Bim, du bist g'scheit?«, frug Herr Bröselmeier zärtlich, aber Bim gab keine Antwort, weil er grad mal wieder auf's andere Trottoir hinübergelaufen war.

Und wenn dieser Mensch im Frack behauptete, die Schäferhunde eigneten sich am besten, so kam das einfach daher, weil er noch keinen Versuch mit einem *Dackel* gemacht hatte!

Und plötzlich durchzuckte den Herrn Realitätenbesitzer ein genialer Gedanke: *Der Bim muss Sanitätshund werden!* Ein *Sanitätsdackel* muaß er wer'n! Damit dass dös saudumme Gered' von dö Schäferhund amal an End' hat!

Wenn der Pepi Bröselmeier einmal einen Entschluss gefasst hat, dann wird er auch ausgeführt. Und wenn sich gleich der ganze »Augustiner« auf den Kopf stellt.

»Was *hat* denn das Herrle heut?«, dachte sich Bim einige Tage später und beguckte verurteilend seinen Besitzer. »Was *hat* er denn?«

Vor ihm stand Herr Pepi, in der einen Hand eine feldgraue Soldatenmütze, die er Gott weiß wo aufgetrieben hatte, in der anderen Hand einen Mordsspaten, und lockte: »Komm her, Bim, komm schön her! Spazieren geht der gute Hund! Gassi gehn, Bim!«

Aber der gute Hund dachte sich: »Geh nur du Gassi, – i bleib z' Haus!«, watschelte an seinen Fressnapf, stärkte sich und läpperte dann am Wasserteller ein paar Tropfen.

Kopfschüttelnd sah ihm Pepi zu. »Wo er nur dös viele Wassersaufen her hat! Von *mir* hat a's *nöt*!«

Bim wartete nicht ab, bis sein Herrle dieses Rätsel gelöst hatte; er war aufs Bett gesprungen und bereitete sich auf ein Schlummerstündchen vor. Da nahm Herr Bröselmeier sein Dackerl auf den Arm und trug ihn, nebst Spaten und Soldatenmütze, die Treppe hinunter.

»Alsdann!«, dachte Bim. »Wenn er mich *trägt*, lauf' ich mit!«

Ach, was sind Hoffnungen? Vor der Haustüre setzte Pepi den Hund auf den Boden, und nun ging es die Franz-Joseph-Straße hinunter, die Leopoldstraße, die Ludwigstraße entlang. –

Bim stutzte zum zweiten Male. »Jetzt weiß das Herrle nicht mehr den Weg zum ›Franziskaner‹! Da hört sich doch alles auf! Er hat doch heut noch gar nix getrunken?«

Das Herrle war links abgebogen und pfiff und schrie: »Bim! Mit *mir* gehst! Bim! Ja, weshalb kommst dann nöt?«

Schließlich gab Bim als der Klügere nach und kam. Das hätte er *nicht* tun sollen, denn jetzt legte ihn Pepi Bröselmeier an die Leine.

Das ging nicht so leicht, wie es gesagt ist. Es war eine recht schwierige Aufgabe für den wohlbeleibten Herrn Pepi, sich bis zur Bimhöhe hinabzubeugen, und als er endlich unten angelangt war, hatte sich Bim herumgedreht – und man kann doch die Hundeleine nicht am *Schwanz* anknüpfen.

Aber schließlich war Bim angekettet und lief, mit sichtlichen Zeichen der Entrüstung, neben seinem Herrn her. An jeder Straßenecke blieb er stehen und gab seiner Verachtung Ausdruck.

Die Leute betrachteten schmunzelnd das Paar. Was wollte der Mann mit dem Spaten, der Soldatenmütze und dem Dackel? Aber Herr Pepi achtete nicht auf die Gaffer. Was lag dran, was die Leute (sprich »Gschwerl«) von ihm dachten, Leute, die wo nicht einmal eine Fülla (schreibe »Villa«) besaßen, viel weniger ein vierstöckiges Mietshaus mit Zentralheizung und Lift in Reparatur.

»Wissen möcht' i, wo er hi'geht?«, dachte sich Bim. »Jetzt is scho bald elfi und dö Weißwürscht im ›Franziskaner‹ wer'n kalt!«

Und bald erfuhr er das Ziel der Wanderung: die Isaranlagen, allwo Bim seine erste Unterrichtsstunde im Sanitätswesen erhalten sollte.

Ich muss jetzt leider einen Punkt berühren, dem ich bisher ängstlich aus dem Wege gegangen bin, um nicht in den Ruf eines erotischen Schriftstellers zu kommen: Bims Liebesleben in der Natur. Tja, das ist ein heikler Punkt. Bim verschwendete seine Gunstbezeigungen nicht nur an die Hündinnen der zwanzig Rassen, von denen er abstammte, nein, dieser Wüstling wagte es, jedes Hundefräulein, das seine Bahn kreuzte, kurzweg anzusprechen und ihr in der Hundesprache verführerische Galanterien zuzuflüstern. »Fräulein Bernhardinerin sehen heute wieder entzückend aus!« – »Gnädigste Möpsin werden mit jedem Wurf schlanker!« – »Fräulein Windhund tragen ein todschickes Halsband! Wohl Familienerbstück?«

Auch angesichts dieser Künste konnte Herr Pepi mit Recht sagen: »Wo er dös nur grad her hat? Also von *mir* hat a's *nöt!*«

Sofort beim Eintritt in die Isarauen fiel nun dem Don Juan Bim eine braune Dackelin auf, eine Dackelin ... ich sage nur das eine Wort »preisgekrönt«.

Aber die *Dackelin* wurde an der Leine geführt, Bim wurde an der Leine geführt – nur wer die Sehnsucht kennt, weiß, was sie litten.

Es war ein heller, sonniger Herbsttag und immer wieder frug Herr Pepi seinen Dackel: »Hörst, wie d' Amseln pfeif'n? Hörst as?«, und immer wieder antwortete Bim in Gedanken: »Heut hat's ihn derwischt!

Ganz narret is er heut! Hat er vielleicht 'denkt, dö Amseln wern miauen?«

An einer Bank in den Anlagen, dicht am Ufer der seichten Isar, band Herr Bröselmeier seinen Hund fest, hielt ihm die Soldatenmütze unter die Nase und schmeichelte:

»Da, riech, Bim! Schön Witterung nehma muaß's Hunderl! Dö Mütz'n sucha muaß das g'scheite Dackerl! Ja! Gelt, du bist g'scheit?«

Bim warf einen scheelen Blick auf die Mütze. »Vollständig dari-dari is er heut!«, dachte er. »Was geht mi dö Mütz'n o'!«

Und während Bim Betrachtungen darüber anstellte, dass jetzt die Weißwürst sicher längst gar geworden seien, schaufelte der Herr Realitätenbesitzer schwitzend eine Grube. Wohl zehnmal hielt er stöhnend in der Arbeit inne, wischte sich den Schweiß von der Stirne und brummte: »Und dös soll g'sund san, hat der Dokta g'sagt! – Aber jetzt wird si's bald weis'n, ob dö Dackeln Sanitäter san oder nöt!«

Endlich war die Grube brauchbar. Er legte die Mütze hinein und schaufelte locker Erde darüber. »Wird's scho' finden, mein Bim! Feit si' nix!«

Als er sich der Bank wieder zuwandte, fand er dort einen freundlichen Herrn, der behaglich die Hände auf dem Rücken gefaltet hatte, und mit Bim scherzte.

»A hübsch's Mopserl ham S' da!«, meinte der Herr.

»Dös is koa Mopserl!«, fertigte ihn Pepi kurz ab. »Wann dös a Mopserl is, san Sie a Rindviech!«

Mit diesen liebenswürdigen Worten band er den »guten Hund« los, klatschte in die Hände und schrie: »Wo is 's Mützerl? Wo is? Suach, Bim!«

Bim schaute ihn groß an. Bei dieser Hitze Mützen suchen, das fehlte ihm grad noch!

»Suach, Bim, suach!«

Der fremde Herr lachte, und der Pepi Bröselmeier ärgerte sich. »Kriagst a Zuckerl, Bim! A extragroßes Zuckerl! – Wo hat's Herrle s' Mützerl hi'toa?«

Der Bim wusste ganz genau, wo das Herrle das Mützerl hingetan hatte. Er hatte ja alles mit angesehen. Aber so dumm sein wird er und sie ausgraben! Das wär' das Neueste, dass er gehorchen␣tät! Nein, nein, das führte der Bim nicht ein. Er sprang an seinem Herrn empor, lief in die Anlagen und fraß Gras.

Der fremde Mann lachte aus Leibeskräften.

»Da is gor nix zum Lachen!«, schrie der Pepi und wurde jetzt ernstlich wild. »Was verstengan *Sie* vom Hundsdressieren! Genga S' hoam und belästingen S' dö Leut' nöt, Sö Hammel, Sö ganz ausg'schamter! – Und du, Bim, Hundsviech, miserabliches, hörst jetz glei' auf mit dera Spinatfresserei!! Suachst jetz glei' 's Mützerl, Bankert, ölendiger! – Da gehst her oder i hau dir dös Mordstrum Spaten um deine scheinheiligen Ohrwascheln! – Herrgottsakrament überananda, willst jetzt parier'n oder nöt?!«

Der Bim wollte nöt.

Wie er das Herrle so schimpfen hörte, sagte er sich: »Jetz is die Tollwut bei eahm aus'brocha!«, setzte sich in Galopp und lief in die Isar.

Und was sah sein beglücktes Auge da?

Susanna im Bade!

Da schwamm sie, die herrliche Dackelin, und warf ihm einen Blick zu – einen Blick …!! »Ewig dein!«

Und sie schwammen um die Wette, isarabwärts, nach der Eisenbahnbrücke zu – und in den Isaranlagen stand ein Mann und brüllte: »Bim! Biiiiiiim!« Und immer aufgeregter und beinahe weinerlich: »Bim! I tua dir ja nix!«, und zuletzt ganz verzweifelnd: »Bim – guat's Hunderl – komm doch bloß, i gib dir 's Zuckerl! Wann's d' nur grad kommst!!«

Aber nicht der Bim kam, sondern der fremde Herr trat näher, nahm die Hände vom Rücken, in denen jetzt die grüne Mütze sichtbar ward, die ihn als Anlagenaufseher legitimierte, und sprach gewichtig: »Nämlich, wie hoaßen S' dann nachher?«

»Dös is a Gemeinheit!«, schrie der Pepi. »Dös is a ganz a hinterlistige Zwiespältigkeit is das!«

»Nehma S' Eahna fei' in Obacht!«, drohte das städtische Amtsorgan. »Sonst mach i Eahna z'wegn Amtsbeleidigung kriminalisch, mei Liaba!«

»Und derweil versauft der Bim!«, jammerte Pepi Bröselmeier und wollte davonlaufen. Aber der Aufseher hielt ihn am Ärmel fest und donnerte: »Da bleib'n S'!! Im Namen dös Gösätzes!«

Und weil der Pepi nix mit dem Namen dös Gösätzes zu tun haben wollte, blieb er halt da. Und sein Name wurde aufgeschrieben und sein

Stand und die Wohnung und sein halber Stammbaum dazu, weil wir ordnungsliebende Behörden haben.

Noch eine geschlagene halbe Stunde ist der Pepi nachher in den Isaranlagen umhergeirrt und hat den Bim gesucht und sich einen riesigen Durst angeschrien.

Und hätt' sich doch diese Mühe sparen können!

Denn wie er zerschmettert, den Spaten unter'm Arm, im »Bürgerbräu« ankam, da empfing ihn die Kellnerin mit den Worten: »Grad is Ihr Foxl kemma!«

Richtig, da saß er unter dem Stammtisch, nagte an einem Knochen und zwinkerte seinem Herrle einen Blick zu, der ungefähr besagte:

»Bist jetz wieda so weit, dass ma mit dir verkehr'n ko'?«

Und drei Minuten später saß Bim auf Herrles Schoß und hörte herablassend dessen Bitte um Verzeihung an: »Brauchst koa Sanitätsdackel wer'n, Bim! Naa, naa, dös überlass'n ma dö spinneten Schäferhund'! Weil's d' nur grad wieda da bist!«

Und zwei Tage später war auch ein polizeilicher Strafbefehl »grad wieda da«. – Wegen »vorschriftswidriger Verwüstung der städtischen Isaranlagen und wiederholtem Freilaufenlassen eines Zwergpudels«.

Die Versöhnung

Gustav Bender, Schorsch Hämmerer und Fritz Jung bildeten sozusagen den eisernen Bestand der im verborgenen blühenden Äpfelweinkneipe »Zum kleinen Paradies«. Allabendlich gegen neun Uhr erschienen sie, saßen an demselben Tisch, auf demselben Stuhl, tranken dieselbe Anzahl Schoppen Äpfelwein. Und es aßen dazu: Gustav Bender einen Handkäs, Schorsch einen Schweizerkäs und Fritz ein paar Schweinsfüß'.

Da der Mensch ist, was er isst, lässt diese verschiedenartige Ernährung auch auf eine tiefgehende Verschiedenheit der Charaktere schließen. In der Tat herrschte nicht einmal an den höchsten Feiertagen länger als fünf Minuten Eintracht an diesem Stammtisch, – der das Überbleibsel einer ehemals vielköpfigen Kegelgesellschaft repräsentierte, die infolge eines »Ausflugs mit Frauen« ein jähes Ende genommen hatte.

»Nor kaa Weiwer mitnemme! Sonst is der Unfridde fertig!«, hatte damals Gustav als weltweiser Mann prophezeit. Und er hatte recht behalten. Kam es daher, dass ein Teil der Frauen seidene Blusen trug, während ein anderer Teil nur in halbseidenen strahlte, oder kam es daher, dass Gustav abends ein Couplet vortrug, dessen letzte Strophe man kaum nach mehrjähriger Ehe seiner Frau ganz heimlich ins Ohr flüstern konnte, – kurz: Die meisten Kegelbrüder fanden plötzlich, dass die andern »kein Verkehr« für sie seien. Nur die drei verschiedenartigsten Elemente des Klubs bewahrten ihre gegenseitige Anziehungskraft und fanden sich zu einem Stammtisch zusammen.

Gustav, der Gärtner, war Sozialdemokrat. Das heißt: Eigentlich war er *kein* Sozialdemokrat, aber weil die beiden andern so gerne auf die Roten schimpften, hielt er es für seine Oppositionspflicht, als Sozialdemokrat zu fungieren. Schorsch, der Kolporteur, war Zentrumsmann. Das heißt: Ganz im Vertrauen gesagt, er war *kein* Zentrumsmann. Aber weil die beiden andern so sehr auf die Schwarzen schimpften, vertrat er den Zentrumsstandpunkt. Und mit derselben Überzeugungstreue und aus demselben Motive war Fritz, der Zigarrenhändler, stramm liberal.

Jeden Abend begann der politische Kampf von Neuem, und wenn es für jede persönliche Beleidigung einen Ordnungsruf gegeben hätte, so wäre stets, fünf Minuten nach Eröffnung der Diskussion, die Rednerliste infolge Wortentziehungen erschöpft gewesen.

Am ersten August erschien Fritz mit besonders feierlichem Gesicht im »Kleinen Paradies«. Im Knopfloch steckte ein schwarz-weiß-rotes Bändchen. Beinahe hochdeutsch klang es, als er bestellte: »Eun Glas Eppelwei'!«

»No??«, fragte Schorsch. »Was is? Bistde Hoflifferant 'worn?«

Hoheitsvoll erklärte Fritz: »Verdient hätt' ich's schon lang! Awwer was annerscht is bassiert: Der Kaiser hat e Redd gehalte!«

»Des hat er schon öftersch gedhaa!«, sagte Gustav, der Sozi.

»Awwer *was* for e Redd, mei Liewer!«, ereiferte sich Fritz. »Kaan so Stuss, wie *Ihr* allweil verzappt! E Redd, die sich gewäsche hat! Wisst'r, was er gesagt hat?« Und Fritz erhob sich respektvoll vom Stuhl: »Es gebbt kaa Barteie mehr, hat er gesagt, es gebbt nor noch Deutsche!«

Stille entstand am Stammtisch. Das Wort ging ihnen allen zu Herzen. Der Fritz sah sich triumphierend um, als stamme der Ausspruch nicht aus des Kaisers Mund, sondern von ihm selbst.

Zuerst ergriff der »Sozi« wieder das Wort. »Iwwerhaapts sägt der Kaiser net ›es gebbt‹, sonnern ›et jiebt‹!«, verkündete er.

»Uff de Dialekt kimmt's net aa«, dozierte Schorsch, der Schwarze. »Was kann der Kaiser derrfor, dass er kaa geborener Frankforder is? – Awwer dessentwege hat er *doch* de Nagel uff de Kopp getroffe! Es gebbt kaa Barteie mehr, – no, Fritz, Gustav – umarme mer uns!!«

Sie erhoben sich, umarmten sich, küssten sich. »Es is halt doch der *Friddenskaiser*!«, sagte der Gustav. »Sogar uns versehnt er!« Alle drei waren ergriffen. Es gibt nur noch Deutsche, dachte jeder, und ihm wurde seltsam warm dabei.

»Lasse mer de Willem lewe!«, schlug der Schorsch vor und erhob sein Äpfelweinglas.

»Lasse mer'n lewe, er hat's verdient!«, schloss sich der Fritz an, und mit einem Blick auf den Gustav fügte er hinzu: »Derfst schon *aach* mit aastoße, – wannstde aach so e schepper Sozi bist!«

»*Was* bin ich?«, fuhr der Gustav auf. »E schepper Sozi bin ich, du liweraler Dreckspatz?«

»Ruhe, meune Herrn!«, besänftigte Schorsch, beinahe wieder hochdeutsch. »Denke Se draa: Es gebbt kaa Barteie mehr!«

»No ja«, brummte der Sozi einlenkend. »Awwer beleidige lass' ich mich net! Net for alles um die Welt! Am wenigste von so 'me liwerale Hanswortscht!«

Der Friede war wiederhergestellt. Das Gespräch beschäftigte sich mit den Kriegsaussichten.

»Ich wer' mich aach als Freiwilliger melde«, sagte der Sozi. »Ich wer' dene Franzosebrieder emal zeige, was Aldfrankforder Schmiss' sin!«

»Du?!«, meinte der Fritz verächtlich. »Du mit dei'm Allerweltsbauch? Du bräuchst ja en ganze Schitzegrawe for dich allaans!«

»Euch liwerale Hungerleider freilich kann mer in der Westetasch mitnemme!«, gab's ihm der Gustav zurück.

»Geht des vielleicht uff mei' Schweinsfieß'?«, schrie der Fritz erregt und hieb mit der Faust auf den Tisch. »Du roter Giftnickel! Jetz is Schluss mit dene Revoluzzer! – Sprich, jetz –«

»Awwer Ruhe, meune Herrn!«, legte sich Schorsch wieder ins Mittel. »Iwwerlege mer uns liewer, wie mer dene Saurusse 's Fell verkloppe!« Und er begann seinen Kriegsplan zu entwickeln. Direkt auf Moskau müsse man losmarschieren. Gleichzeitig müsse ein Armeekorps von Petersburg aus, und ein anderes von der Krim den Russen in den Rücken fallen, und –

»Umgehe?!«, lachte der Fritz. »Da guckt mersch widder: Immer hinne 'erum, so sin se, die schwarze Heimticker! Grad so mache se 's aach im Reichstag!«

»*Was* mache mer? *Wie* mache mersch?«, brüllte plötzlich der Schorsch. »Noch e Wort unn ich haag derr aans uff dein freisinnige Zelleriekopp! Ich gebb derr e rechtsliwerale Ohrfeig' uff die *rechte* Back', unn e linksliwerale uff die *linke* Back', dass de –«

»Willstde gleich Fridde halte, schwarz' Karnickel«, mischte sich der Gustav ein. »Unn du liwweraler Dickkopp zahlst en Schoppe Buße!«

»Zahle? Ich? Dein vaterlandslose Bauch soll ich mäste?«, schrie der Fritz und wurde ganz rot vor Wut. »Mensch, wann ich die Ortskrankenkass' net schone wollt', ich dhät –«

»Awwer, meune Herrn, –«

»Halt's Maul, Jesuit! Immer wolle se vermittele, die Schwarze, des is ihr Hauptgeschäft! Awwer mer kennt euch! Ich rat' dersch, Fritz, zieh dich hinner dei' Schweinsfieß zurück, odder –«

»Was is ›odder‹?« Der Schorsch bebte am ganzen Leib. »Du liweraler Schleechtschwätzer! Du Bassermannsche Gestalt!«

»Geschäftskatholik!!«

Das war zu viel. Der Schorsch erhob den einen, erst halb abgenagten Schweinsfuß zum Wurf, – und auf Fritzens neuem Kragen platzte das erste Schrapnell. Im selben Augenblick hatte der Sozi seinen Handkäs flach auf die Hand gelegt und schlug damit auf Gustavs Nase, auf der der Handkäs hängen blieb, so dass es aussah, als trüge die Nase einen Miniatur-Mühlstein.

Aber auch der Gustav war nicht faul gewesen. »Da hastde mei' Friddensvermittelung!«, brüllte er, und auf Schorschs Kopf hauchte ein Teller sein porzellanenes Dasein aus.

Und nun spielte sich jene Szene ab, von der der Wirt zum »Kleinen Paradies« später behauptete: »Es hat die strategische Leitung gefehlt!«

Die drei Freunde bildeten einen unentwirrbaren Knäuel, aus dem von Zeit zu Zeit Schreie sich loslösten, wie: »Spierst de's?« – »Autsch, gemei' Vieh!«

... Als der Gustav eine halbe Stunde später zu Hause anlangte, bekam seine Frau einen Heidenschreck. »Um Gottes wille, Gustav, – wie guckst de aus!!«

Aber der Gustav beruhigte sie mit einer heroischen Feldherrngeste, und schmerzlich lächelnd sprach er: »Fraa, es gebbt kaa Barteie mehr, – *mer hawwe uns versehnt!«* –

Erzählungen aus dem Biedermeier

Biedermeier - das klingt in heutigen Ohren nach langweiligem Spießertum, nach geschmacklosen rosa Teetässchen in Wohnzimmern, die aussehen wie Puppenstuben und in denen es irgendwie nach »Omma« riecht.

Zu Recht. Aber nicht nur.

Biedermeier ist auch die Zeit einer zarten Literatur der Flucht ins Idyll, des Rückzuges ins private Glück und der Tugenden. Die Menschen im Europa nach Napoleon hatten die Nase voll von großen neuen Ideen, das aufstrebende Bürgertum forderte und entwickelte eine eigene Kunst und Kultur für sich, die unabhängig von feudaler Großmannssucht bestehen sollte.

Georg Büchner Lenz **Karl Gutzkow** Wally, die Zweiflerin **Annette von Droste-Hülshoff** Die Judenbuche **Friedrich Hebbel** Matteo **Jeremias Gotthelf** Elsi, die seltsame Magd **Georg Weerth** Fragment eines Romans **Franz Grillparzer** Der arme Spielmann **Eduard Mörike** Mozart auf der Reise nach Prag **Berthold Auerbach** Der Viereckig oder die amerikanische Kiste

ISBN 978-3-8430-1884-5, 444 Seiten, 29,80 €

Erzählungen aus dem Biedermeier II

Annette von Droste-Hülshoff Ledwina **Franz Grillparzer** Das Kloster bei Sendomir **Friedrich Hebbel** Schnock **Eduard Mörike** Der Schatz **Georg Weerth** Leben und Taten des berühmten Ritters Schnapphahnski **Jeremias Gotthelf** Das Erdbeerimareili **Berthold Auerbach** Lucifer

ISBN 978-3-8430-1885-2, 440 Seiten, 29,80 €

Erzählungen aus dem Biedermeier III

Eduard Mörike Lucie Gelmeroth **Annette von Droste-Hülshoff** Westfälische Schilderungen **Annette von Droste-Hülshoff** Bei uns zulande auf dem Lande **Berthold Auerbach** Brosi und Moni **Jeremias Gotthelf** Die schwarze Spinne **Friedrich Hebbel** Anna **Friedrich Hebbel** Die Kuh **Jeremias Gotthelf** Barthli der Korber **Berthold Auerbach** Barfüßele

ISBN 978-3-8430-1886-9, 452 Seiten, 29,80 €